고로 존재한다

고로 존재한다

초판 1쇄 발행 2025년 6월 2일

ISBN 979-11-982752-8-8

지은이 나나용

편집·디자인 서용재

펴낸이 서용재

펴낸곳 나나용북스

출판등록 제2023-000070호

전자우편 nanayong@nanayong.com

출판사 인스타그램 @nanayongbooks_publisher

작가 인스타그램 @nanayong_daily

글쓴이 나나용은 1992년 한국에서 태어나 아프리카 가나에서 자랐다. 미국의 보스턴 대학(Boston University)에서 생물학을 전공하였으며 한국의 연세대학교에서 임상심리학 석사 학위를 받았아. 생각하는 것을 과하게 좋아하며 사람과 사랑에 관심이 많다. 제일 좋아하는 활동은 생각하기, 대화하기, 그리고 맛있는 음식과 음료 마시기이다.

책 사용법

1. 나나용 작가의 생각을 읽는다.
2. 주제에 대해 곰곰이 생각한다.
3. <생각 POINT>를 참고하여 내 생각을 적는다.
4. 책을 통행 정리한 생각을 주변인과 공유한다.
5. 가끔 이 책을 다시 펼쳐 내 생각 기록을 다시금 읽어본다.

목차

작가의 말

나

우리

삶

작가의 말

지난 2024년의 연말은 연말 느낌이 나지 않았던 것 같았다. 새해가 되었는데 희망적이라는 느낌보다는 착잡한 마음뿐이었다. 아무래도 정치적 문제, 비행기 사고 등이 그 이유가 되었던 것 같다. 몇 개월 전, 계엄령이 떨어졌을 때 나는 출판인으로서 굉장히 착잡할 수밖에 없었다. 먼저 제한되는 것 중의 하나가 출판물이었기 때문이다. 나의 출판 활동이 제지될 뻔했던 사건은 금방 일단락되었지만, 만약에 계엄령이 실제로 도입이 되었다면 어떻게 되었을까.

나는 이전까지는 출판한다는 게 마냥 즐거워서 했던 활동이었지만, 이런 일을 겪고 나니 출판인으로서의 심적 무게감을 느끼게 되었다. 그리고 역시 책이라는 건 우리의 생각을 바꾸는 힘이 있다고 더욱 믿게 되었다. 하지만 도서전과 같은 행사에 나가서 느낀 바로는 가장 소비를 줄인 것도 책이라는 생각이 든다. 아무래도 국가적으로 경기가 좋지 않다 보니 우리가 소비를 자연스럽게 줄이게 되는데, 그중 가장 불필요하다고 생각되는 것을 줄이기 마련이고 그 '불필요한 것' 중의 하나에 책이 포함되는 것 같다.

그런데 여러 사건, 사고를 겪고 나니, 나는 우리들 한명 한명이 적극적으로 우리 자신들을 위해, 그리고 개인의 이익뿐만이 아닌 공동의 이익을 위해 나서야 하겠다는 생각이 많이 들었다. 그러려면 사실 개인과 집단의 사상이 중요해지는데, 그것을 심어주는 역할을 책이 일부 차지한다는 생각을 조심스레 해본다.

그렇다고 책을 무작정 읽으라는 이야기는 아니다. 책은 생각하게 만드는 도구에 불과하다. 생각을 평상시에 깊게 하고 산다면 좋겠지만, 각박하게 살아가는 우리들의 삶 속에 생각할 시간이 그리 쉽게 허락되지는 않는다. 그러므로 시간을 내서, 취미로든, 필요에 의해서든 생각하는 시간을 만들기를 바란다. 굳이 이 책을 통하지 않더라도, 내 사상과 내 생각을 점검할 수 있는 시간을 갖기를 바란다(이런 시간을 책이 쉽게 만들어준다는 의미이다).

그리고 그 생각을 적어 놓기를 바란다. 어제 점심에는 무얼 먹었는지조차 기억하지 않을 때가 있는데, 내가 언젠가 했던 생각이 기억날 것이라는 보장은 없다. 적지 않으면 휘발되는 생각이, 쓰고 나면 나만의 기록이 된다. 이 책이 여러 생각에 대한 나만의 기록장이 되기를 바라며, 그렇게 생각을 거듭하다 보면 우리는 변화를 겪고 성장을 이룰 수 있을 것으로 생각한다. 앞으로 있을 우리들의 시간이 무탈하게 잘 지나가기를 바라는 마음이다.

나나용

2025년 겨울의 끝자락에서

Cogito, Ergo Sum

나는 생각한다. 고로 존재한다.

- René Descartes

나

내게 *MBTI* 유형을 묻지 말아 줘

"급하게 먹으면 체한다.
급할수록 돌아가라.
성급하면 일을 그르친다."

'급함의 미학'이라는 말은 존재하지 않지만 '느림의 미학'이라는 말은 누구나 알고 있다. 그러나 오늘의 우리는 급하게만 살려는 것 같다. 핸드폰을 켜고 소셜 미디어를 접속하면 10 초만에 끝나는 쇼츠(shorts)형 콘텐츠, 한 줄짜리 정보, 사진 몇 장에 꾹꾹 눌러 담은 내 일상, 그 모든 것이 우리의 삶에 바쁘게 스며든 것 같다.

가끔은 배고프기 2시간 전에 장작을 쌓아 불을 때고, 따로 가마솥 물에 쌀을 넉넉히 넣고 불려 30분간 불을 세심하게 부채질하고 조절해 가며 뜸 들인 후에, 갓 푼 고슬고슬한 밥과 그 밥상 위로 오가는 푸근하고 정감 있는 가족의 목소리가 그리울 때가 있다.

나는 늘 이런 느림이 아름답게 느껴진다. 그 이유는 가치가 없던 것도 시간이 지나면 가치가 있기 때문인 것 같다. 중고 시장 플랫폼에서 '희귀 10원짜리 동전'에 엄청난 가치를 붙여서 파는 것을 보았다. 10만 원짜리 10원 동전과 같은 어불성설이 또 있을까. 하지만 시간이라는 것이 그렇다. 시간이 지나는 것을 되돌릴 수 없기 때문에, 그것을 물건과 같이 사고팔 수 없기 때문에, 시간을 들여 음식을 한다는 것, 시간을 들여 누군가와 대화한다는 것, 그 모든 것에는 값어치를 매길 수 없는 소중함이 깃든다.

MBTI 성격 유형 검사가 이제는 하나의 문화로 정착했다. 누군가를 처음 만나면 한 번쯤은 오가는 대화인 것 같다. "MBTI 유형이 뭐예요?" 나는 늘 성실하게 대답한다. "INFJ"라며. 여기서 끝나면 다행이다. 어떤 이는 그때부터 나의 모든 행동이나 말을 나의 MBTI 유형으로 설명하고자 한다.

나는 그 시점부터 조금은 불편해지는 것 같다. 나라는 사람을 상대방이 시간을 두고 천천히 알아갔으면 하는 바람이 있기 때문인가 보다. 시간을 투자해서 공감하며 대화하고, 함께 고민하며 관계를 조금씩 진전시키려는 노력과 정성이 없는 것 같아 아쉬워진다. 물론 그 질문 자체가 싫은 건 아니다.

나는 모든 인간관계는 시간과 정성이 필요하다고 생각한다. 장시간의 콘텐츠를 족집게식으로 3줄 요약하듯, 한 사람의 성격과 그 마음의 깊이를 16개 조합의 알파벳 4개와 단 몇 줄의 설명으로는 형용할 수 없다고 느껴진다. 물론 앞으로도 나는 MBTI를 관계 초기에 내게 묻는 이들에게 성실하게 내 유형을 알려줄 것이다. 묻는 게 문제가 되지는 않는다. 오히려 어색했던 분위기를 녹일 수 있는 좋은 대화 소재가 되곤 한다. 그렇지만 나를 INFJ 유형이라는 작은 상자 속에 비좁게 눌러 담으려는 이들에 대해서는 여전히 불편하게 생각할 것 같다.

역시나 나는 느린 것이 좋더라. 특히나 인간관계에서는 더더욱 말이다.

생각 POINT

나는 인간관계에 있어서 급한 편인가요?

나는 삶의 여유를 언제 느끼나요?

누군가와 친해지는 과정에서 답답함을 느낄 때가 있나요?

<내게 MBTI를 묻지 말아 줘>를 읽고 나니 어떤 생각이 드나요?

균형 잡힌 성격

나는 색이 짙고 대쪽 같은 성격을 가졌다. 기면 기고 아니면 아닌 기본적인 성향 위에 그보다는 훨씬 유순한 성격이 깔려있다고 생각한다. 한마디로 대쪽 같으면서도 다른 사람들의 말에 귀를 기울이는 걸 중요하게 생각하고 있어서 그 '대쪽 같은' 면이 집요함이나 고집으로 드러나지 않도록 늘 나 자신을 경계한다.

우리 각자가 가진 고유의 성격을 살펴보면, 상반되는 성격의 특징들이 존재하는 것 같다. 사람을 좋아하지만 과묵한 사람, 고집스럽지만 팔랑귀인 사람, 타인을 존중하지만 나를 가장 먼저 두는 사람. 이렇게 상반되는 성격의 특징이 알맞은 균형을 이뤘을 때는 그 사람이 좋게 보이는 것 같다는 생각을 해본다. 사람을 좋아하지만 과묵한 사람은 진중한 사람으로 보일 수 있고, 고집스럽지만 팔랑귀인 사람은 자신의 의견도 중요하지만 타인의 말에도 귀 기울일 줄 아는 사람 같기도 하고, 타인을 존중하지만 나를 가장 먼저 두는 사람은 자존감이 높은 사람처럼 보일 수 있는 것처럼 말이다.

그런데 그렇게 완벽한 균형을 이루는 사람이 몇이나 될까. 사람을 좋아하지만 과묵한 사람은 필요 이상으로 무게를 잡는 사람이 되어버리기 십상이고, 고집스럽지만 팔랑귀인 사람은 고집은 고집대로 있으면서 줏대까지 없는 사람이 되는 수가 있다. 그리고 타인을 존중하지만 나를 가장 먼저 두는 사람은 자신만 아는 사람이 되기도 한다. 이런 성격 특성의 불균형은 우리가 나이를 지긋하게 먹어갈수록 더 심해지는 것 같다는 생각을 해본다. 한쪽으로만 치우친 경험을 해서 그런 걸까? 아니면 점점 더 내가 원하는 방향대로만 고집하게 되어서 그런 것일까? 그저 그냥 흘러가는 대로 사는 게 편해서 안주하는 걸 수도 있겠다.

나는 연륜은 절대적으로 무시하면 안 된다고 생각한다. 경험에서 오는 생각의 깊이와 그 사람이 삶을 대하는 태도에 대한 이유가 분명히 있을 것으로 생각하기 때문이다. 그런데 연륜이 있는 사람이 자신의 세계관에 갇혀 다른 사람들의 의견을 더 이상 듣지 않게 되면, 그 사람은 쉽사리 "꼰대"가 되어버리곤 한다. 어찌 보면 내 성격대로만, 내 성격의 다양한 특징 중에서도 한쪽으로만 치우쳐지면서 일어나는 현상이 아닌가 싶다. 한때는 나름 균형이 잡혀있던 성격이 조금씩 모나게 되는 과정이 아닐까.

진짜 "나"의 성격이 무엇인지 잘 살펴봐야 할 것도 같다. 내가 가진 성격의 양극 속에서도 균형이 잡힌 사람인지, 아니면 원래 한 방향으로만 치우쳐진 사람인지에 대해서 말이다. 나의 예를 들자면, 색이 짙고 대쪽 같은 성격을 가졌지만 유순함 또한 갖췄다. 너무 대쪽 같아지면 고집이 되어버릴 테고, 너무 유순해지면 휘둘리는 사람이 될 것이다. 나는 내가 이 섬세한 균형 속에서 어디에 서고 싶은지, 그리고 나는 얼마나 대쪽 같아지거나 유순해지고 싶은지 늘 살펴봐야 할 것이다. 내 성격의 균형을 생각하지 않고 살다가는 나이를 먹으면서 내가 원치 않는 쪽으로만 치우칠 테고, 오히려 그게 정답이라고만 생각한다면 나도 머지않아 꼰대라는 소리를 들을 테니까 말이다.

성인이 된 이상, 우리는 태어날 때부터 타고난 성향과, 어른이 되어가면서 형성이 된 성격을 가지고 있다. 그런 성향이나 성격을 바꿀 수는 없지만, 반대되는 성격적 특성의 균형 속에서 내가 어디에 서 있는지, 나는 어느 쪽으로 더 향하고 싶은지 한 번쯤은 점검해 볼 만하다고 생각한다. 그래야 어느샌가 내가 원하지 않는 방향으로 흘러가고 있는 나의 성격을 다시금 반대쪽으로 끌어올 수 있기 때문일 거로 생각한다. 아무래도 내가 노력하지 않으면 그 무엇도 바뀔 수 없을 테니까.

생각 POINT

내 성격은 어떤가요?

내 성격에서 어떤 부분을 고치고 싶나요?

나는 균형 잡힌 성격인가요?

<균형 잡힌 성격>을 읽고 나니 어떤 생각이 드나요?

나는 어디에서 왔는가

누구에게나 잊고 싶은 나날들이 있다. 창피했던 일, 슬펐던 일, 기억하기도 싫은 일이 내 머릿속에서 가끔 고개를 살며시 드는 것 같다. 그래서 차곡차곡 쌓인 이러한 기억을 무슨 일이 있어도 열어보지 않는 어두운 지하 창고 같은 곳에 처박아 두고 오늘을 행복하게 살아가려고 한다. 나를 괴롭히는 생각들이 없으면 지금의 나는 행복할 수 있기 때문이다.

그러나 나는 우리 마음의 근본은 우리 과거로부터 이어진다고 생각한다. 내가 누구의 자녀로 태어나, 어떤 환경에서 자라, 어떤 성장 배경을 가졌는지가 오늘날의 '나'를 이룬다. 즉 과거는 나를 나로 만들어 주는 역할을 하는 것이다. 만약 안 좋은 일에 대한 기억을 잊어버리려고만 한다면, 나 자신의 한 부분에 대해 눈 가리고 아웅 하는 셈이 아닐까?

지방 사람이 서울로 상경해서 사투리를 고치려고 노력하는 경우를 많이 봤던 것 같다. 다른 사람의 눈에 띄기도 하고, 이에 따라서 취업 등에 타격이 있거나 사소한 놀림을 당할 수 있을까 봐 그러는 것 같다고 추정을 해본다. 이러한 불이익을 받을 수도 있을뿐더러, 스스로 자신의 출신에 대해 조금은 창피해하는 게 아닐까 하는 생각이 들었다. 센 사투리 억양으로 인해 사람들의 놀림거리가 되곤 하니까 말이다. 그러나 시골에서 올라온 사람이 사투리를 완벽하게 고친다고 해서 그 사람이 시골 출신이 아니게 되는 것은 아니라는 생각이 든다. 우리의 과거는 표면만 바꾼다고 그 속내까지 바뀌는 것은 아니니까 말이다.

그렇다면 내게 물을 수도 있겠다.

그럼 어쩌라고!

나도 아픈 게 많은 사람이다. 그런데 나는 내 고통스러운 과거든, 자랑스러운 과거든, 내 모든 과거를 인정하는 길을 택하고 싶다. 그 일들이 있었기에 지금의 내가 있는 것이고, 오늘의 나는 어제의 나보다 더 성장하기 위해 노력한다면 그걸로 된 것 아니겠는가? 또 만약 지금의 내가 행복하지 않다면, 내가 왜 불행한지 알기 위해 내 과거를 인정해야 할 것이다. 그래야만 치유의 과정을 거칠 수 있을 거라고 확신한다. 역시 외면한다고 없어지는 건 아니니 말이다.

나는 늘 고민하면서 살고 싶다. 내가 어디에서 왔는지에 대해서 말이다. 1에서 시작해서 200을 간 사람과 150에서 200을 간 사람은 시작점이 다르기도 하고 결과론적으로는 같을지언정 그 과정이 달랐기 때문에 절대 비교할 수 없다. 그렇기 때문에 나의 과거를 바꿀 수는 없지만, 그것이 내가 얼마나 많은 길을 걸어왔는지에 대한 지표가 되는 것 같다. 그리고 이제 어디로 향할 건지에 대한 고민도 빼놓지 않고 싶다. 오늘이 지나고 나면 오늘이 어제가 된다는 생각에 하루하루가 성장의 곡선을 그릴 수 있도록 노력한다. 이 모든 고민은 내가 어떤 사람이 되고 싶은지에 대한 고민에서 비롯되었기 때문이다.

결국 내가 누가 되고 싶은지가 명확하다면, 나의 과거는 달갑게 받아들여질 것이다. 아무리 안 좋은 과거라도 그것은 내가 걸어온 길의 지표가 될뿐이고 나는 오늘도 내일도 내 목표를 향해 더 나아갈 것이기에 오늘 하루도 열심히 살아본다.

생각 POINT

나는 어디에서 왔나요?

내가 잊고 싶은 과거는 어떤 것이 있나요?

내 과거를 인정할 준비가 되었나요?

<나는 어디에서 왔는가>를 읽고 나니 어떤 생각이 드나요?

정말 어쩔 수 없을까

나는 노력한 것에 비해서 운이 안 좋은 것 같다고 주변 지인들이 가끔 말해준다. 나도 내 인생을 객관적으로 보았을 때 실제로 그런 것 같기 때문에 동의한다. 학창 시절 때에는 가고 싶었던 대학의 문턱 앞에서 착오로 서류를 제대로 제출하지 못해 결국 입학하지 못했었다. 그러고는 소위 말해 나의 "안전빵"이었던 대학교를 대신 갔었다. 어찌되었든 간에 평생을 원했던 대학에는 최종적으로 불합격하게 된 것이니 참으로 어쩔 수 없는 노릇이었다.

또 절실히 노력해서 들어간 대학원에 입학하자마자 양극성 장애로 진단을 받아 학업을 마치는 데 참 힘들었다. 직장을 열심히 다녔다가도 희귀질환으로 진단되어 어쩔 수 없이 퇴직하게 되었다. 건강상의 이유가 아니더라도, 내가 본격적으로 무언가를 해보려고 했을 때 내가 어쩔 수 없었던 이런저런 일들이 내 발목을 잡은 경험이 수두룩하다. 속이 상해도 어쩔 수 없는 일에 대해서 무얼 어찌하겠는가. 그렇게 어쩔 수 없었다는 말로 위안을 삼아보려고 노력하곤 했다.

그러나 어느 순간, 어쩔 수 없다는 말이 위안이 아닌 핑계가 되어버린 것만 같다. 어쩔 수 없었던 그 순간에 놓인 나 자신을 객관적으로 바라볼 필요가 있는 것 같다고 생각하게 되었다. 정말 그 상황 속에서 내가 할 수 있는 일이 없었는지 잘 살펴보고, 만약 내가 다른 결정이나 행동을 했다면 어떠한 다른 결과가 있었을지 돌이켜보아야 한다는 생각이 든다.

앞으로도 내 뜻대로 안 되는 일이 더 많을 것이다. 그런데 인생은 원래 맘대로 안 되는 거라며, 내가 하지 못한 것들과 잘못한 것들을 직면하지 않는다면 다음번에도 또 어쩔 수 없는 일이 발생하고 말 것이다. 그리고 그 이후로도 반복되는 상황을 스스로가 살펴보지 않고 개선하려고 하지 않는다면, 갈수록 어쩔 수 없는 인생을 살게 될 게 분명하다.

결국 무언가가 나의 의지를 벗어났다고 해서 그것에 대해 내가 아무것도 할 수 없는 건 아닌 것 같다. 늘 어떤 상황에서도 우린 성장할 기회를 노릴 수 있고 올바른 선택을 할 의지력을 가지고 있기 때문이다. 무언가가 맘에 들지 않는가? 뜻대로 풀리지 않았는가? 그렇다면 어쩔 수 없다며 스스로를 위안해도 좋지만 내가 이 상황을 통해 배울 수 있는 점을 생각해 보자. 그리고 배운 점을 통해 지금 당장 그 어쩔 수 없는 상황을 어쩔 수 있는 상황으로 바꿀 수 있는 선택과 행동을 해보려고 하자.

나는 "나 원래 그래"라는 말을 싫어하는 편이다. 나는 원래 이렇게 태어났으니, 나에게서 더 바라지 말라는 말처럼 들릴 때가 있기 때문이다. 그런데 "어쩔 수 없지"라는 말도 이와 비슷한 선상에 서 있는 것 같다. 어쩔 수 없는 일인데 내가 그것에 대해서 뭘 어떻게 하겠냐는 말로 들릴 때가 있다.

그래서 나는 내게 정말 운이 나쁜 일이나 내가 어찌할 바를 모르겠는 일이 생겨도 내가 무엇을 할 수 있을지, 무엇을 배울 수 있을지 깊이 고민해 보려고 노력한다. 앞으로도 운수 없는 날은 많을 테고, 어떻게 할 수 없는 일도 참 많을 것이다. 그때마다 나는 나 자신을 돌이켜 보며 앞으로는 무엇을 다르게 선택하고 그다음에는 어떤 행동할 수 있을지 생각하며 조금씩 성장하고 싶다.

생각 POINT

내게 어쩔 수 없는 일이 일어난 적이 있나요?

어쩔 수 없는 일이 일어날 때 나는 어떻게 하나요?

앞으로 어쩔 수 없는 일이 일어날 때 어떻게 하고 싶나요?

<정말 어쩔 수 없을까>를 읽고 나니 어떤 생각이 드나요?

당신은 착한 사람입니까

"당신은 착한 사람입니까?"

모 스타트업 회사 면접에서 꼭 묻는 말이라고 한다. 나는 이에 대해 되묻고 싶다.

"어떤 상황에서의 '착함'을 말씀하시는 건가요?"

내가 질문의 의도를 제대로 이해하지 못하는 걸 수도 있고, 아니면 너무 복잡하게 생각하는 건지도 모르겠다. 그러나 이 질문은 내게 굉장히 애매모호하게 느껴졌다. 네이버 사전에 따르면 착한 것은 "언행이나 마음씨가 곱고 바른 것"이라고 한다. 언뜻 들으면 착하다는 말이 칭찬 같이도 들리지만, 나는 상황에 따라 착하다는 말이 좋지만은 않은 거라고도 생각한다. 물론 배려심 있는 행동을 많이 하는 언행이나 마음씨가 고운 사람을 전반적으로 착하다고 칭할 수 있겠지만, 일상생활에서는 상대방이 원하는 걸 해줬을 때 우리는 그것을 착하다고 흔히 말하는 것 같기도 하다.

"바보같이 착하다"라는 말이 있다. 이 말은 좋은 걸 의미하는 걸 수도 있지만, 이런 사람들은 대개 거절을 못 해서 때문에 주변 사람들에게 이용을 많이 당하는 것 같다. 그리고 도가 지나치게 되면 이들을 보며 우리는 "호구 같다"고 표현하기도 한다.

사실 이런 착함을 겸비한 사람들은 실제로 착한 게 아닐 수도 있다는 생각을 해본다. 자신이 원치 않는 배려를 한다면 그것이 과연 착한 것일까? 바보같이 착한 사람이나 매번 그 친구를 이용하는 주변 지인이나, "호구 같이" 착한 친구의 면모 덕에 서로 더 성장할 기회가 없을 것이다. 만약 우리가 인생을 성장하는 과정이라고 가정한다면, 이 상황에서 승자는 아무도 없는 셈이다. 차라리 단호하게 거절하고 원하는 것을 해주지 않는 것이 서로를 위한 길일 수도 있겠다는 생각을 해본다.

그런데도 우리는 때때로 거절하지 못하는 것을 "착하다"고 흔히 표현한다. 상대방이 원하는 것을 해주는 것도 "착하다"고 형용한다. 그리고 과연 그 행동이 상대를 진심으로 위하는 길인지는 생각하지 않는 것 같다.

내가 키우는 강아지 "체다"는 어렸을 때 굉장히 불안한 면모를 가진 강아지였다. 아직도 다른 반려견에 비해 훨씬 더 불안한 성격을 가졌지만 말이다. 유기견 출신이라 그런지, 아주 작은 일에도 짖어대며 털을 바짝 세우고, 꼬리가 올라간 것보다 내려간 모습을 더 많이 볼 수 있다. 생후 8개월 무렵에 반려견 훈련소에 문제행동 교정을 받으러

첫 상담을 갔었다. 그리고 체다는 밥과 간식이 늘 풍부하게 주어지기 때문에 먹을 것에 대한 욕심이 전혀 없다는 이야기를 먼저 들었다. 이런 경우에는 먹이로 잘한 행동을 보상할 수 없으니, 일단 먹는 것을 일절 주지 않으면서 사료에 대한 욕심을 키워야 훈련이 가능할 거라고 훈련사 선생님이 말씀하셨다. (참고로 개는 3주 넘게 쫄쫄 굶어도 건강에 문제가 생기지 않는 동물이라고 한다. 우리의 마음만 아플 뿐이다.) 그래서 훈련을 시작하기 위해 1주일가량을 굶겼다. 매일 사료 한 알을 떨어뜨려 줬는데, 1주일이 되도록 시큰둥하니 바로 먹지 않는 모습을 보였지만 1주일이 조금 넘어가니 그제야 배가 고파졌는지 후다닥 먹으려는 모습을 보였고 그때부터 사료를 보상으로 한 훈련이 가능하게 되었다.

이런 훈련의 과정이 너무 혹독하다고 생각하는 보호자가 많다고 반려견 훈련소 소장님께 들었다. 많은 보호자가 강아지가 불쌍하다며 먹을 걸 계속 줘서 결국에는 훈련이 진행되지 못하고 흐지부지 끝난다고 한다. 결국 문제 행동이 개선되지 않고 보호자가 "착해서" 강아지의 삶이 더 긍정적으로 바뀌지 못하는 것이다.

나는 오히려 체다의 성장을 위해서 굳게 마음을 먹었다. 혹독하다 못해 냉철했다. "너 이거 못 참으면 앞으로 10년 이상을 불안감 속에서 살아야 해!"라는 마음이었다. 사실 체다가 아닌 나에게 하는 말이었을지도 모른다. 그리고 훈련을 거의 3년 넘게 받아온 체다는 이제 꼬리치는 시간이 예전에 비해 훨씬 많아졌다. 예전이라면 짖으며 줄

행랑쳤을 상황인데도 나를 믿으며 앉으라면 앉고 엎드리라면 엎드린다. 세상에 대한 불안감이 많이 준 것이다.

역시 나는 절대 착하지 않다. 언행이나 마음씨가 늘 곱지도 않다. 마음이 불편할 수는 있지만 거절할 때는 거절하고, 상대를 위해서 원하는 걸 해주지 않아야 할 때는 해주지 않는 편을 택하려고 노력한다. 이럴 때 보면 나는 착한 사람보다는 독한 사람에 더 가까운 것 같기도 하다. 그러나 모든 상황에서 마냥 착하게 행동하는 건 그 누구를 위한 길이 아니라고 생각한다.

생각 POINT

나는 착한 사람인가요?

거절 못 하는 사람을 만나 본 적이 있나요?

내 호의를 이용하려는 사람에 대해 어떻게 대처하나요?

<당신은 착한 사람입니까>를 읽고 나니 어떤 생각이 드나요?

나는 관심에 매몰되어 있지 않은가

불과 얼마 전에 평소에 인파가 많은 서현역과 신림역 한복판에서 칼부림 사건이 일어났었다. 일명 "묻지마" 칼부림 살인마가 대낮에 출몰한 것이었다. 이들은 다행히 체포되었고 처벌을 받았지만 죽은 사람은 되돌아올 수 없는 노릇이니 피해는 고스란히 남았다.

그런데 잇따라서 온라인 커뮤니티에서는 이상한 사회적 현상이 나타나기 시작했다. 다름이 아니라 나도 언제, 몇 시, 어디에서 칼부림할 것이라는 글이 다수가 올라오기 시작한 것이다. 경찰은 이러한 글을 위협으로 받아들여 단속하기 시작했고, 금세 칼부림 사건은 우리 기억 속 너머로, 언젠가 있었던 아찔했던 사건으로 잊혔다. 물론 유가족들은 아직도 전혀 예상치 못했던 큰 아픔에 시달리고 있을 테지만 말이다. 모든 피해자와 그들의 가족에게 진심이 담긴 애도의 마음을 전하고 싶다.

칼부림 난동을 시행한 사람들은 어찌 보면 우리와 심리적으로 먼 곳에 있다는 생각이 든다. 분명히 내 주변에는 그런 사악한 행동을 할 수 있는 마음을 가진 사람은 없다고 믿고 있다. 그러나 칼부림 사건 뒤에 온라인으로 자신도 이러한 범행을 저지를 것이라고 으름장을 놓는, 일명 "키보드 워리어"들의 마음을 들여다볼 필요가 있는 것 같다.

단속이 되어 범행을 저지르지 못한 경우도 있겠지만, '장난'으로 그런 행동을 한 사람도 분명히 있을 것으로 생각한다.

과연 이들은 왜 그런 말도 안 되는 장난을 치는 걸까? 곰곰이 생각해 보면 관심을 끌기 위해 그러는 게 아닌가 하는 생각이 든다. 특히 실제 칼부림을 일으킬 생각 없이 글만 올렸다면 온라인상의 사람들에게 관심을 한 몸에 받기 때문에 그간에 받지 못했던 관심과 일종의 '사랑'을 받는 게 좋아서일 것이라는 생각이 든다. 결국 사랑과 관심의 결핍이 이러한 엉뚱하고 잘못된 방식으로 나타나는 게 아니었을까? 물론 사랑과 관심이 부족하다고 한들 절대 해서는 안 될 행동이지만 말이다.

나는 이들의 행동이 남에게 피해를 주면서 자기 자신에게도 좋지 않은 행동이라는 걸 알지 못했는지 궁금하다. 아니면 알면서도 그 관심 받는 순간이 너무 달콤해서, 생각을 그리 깊게 하지 않아서 그러한 행동을 했는지도 궁금해진다. 그리고 이들에 대해 생각하면서 나 자신을 들여다보고 싶어진다. 과연 나는 사랑과 관심을 받기 위해 하는 행동이 무엇이 있을까? 내가 관심을 받기 위해 무리한 행동을 해서 남에게 피해를 주는 행동을 할 때가 있을까?

우리 이모가 키우는 강아지 "보리"는 내가 자신을 보지 않을 때 일부러 짖고 내게 과하게 앙탈을 부린다. 내가 관심을 주지 않으니 일부러 관심을 받으려고 하는 행동이다. 작고 귀여운 강아지이기 때문에 넘어갈 수 있는 행동이다. 사람이었다면 덜 귀여울 뻔했다.

나 또한 관심을 끌기 위해 무리한 행동을 하고 있지는 않은지 늘 살펴야겠다. 그리고 우리 사회가 관심을 얻기 위한 행동을 더욱더 용인하는 추세가 있는 게 아닌가 하는 생각 또한 든다. 그러나 사회가 용인한다고 해서 선을 넘는 행동이 끼치는 불편함이 없어지는 것은 아니라는 걸 기억해야 할 것 같다. 역시 내가 가진 욕망을 채우려고 하는 나의 행동이 누군가에게 해가 되지는 않을지, 되려 나를 깎아내리는 행동이 되지는 않을지 늘 나 자신을 되돌아봐야겠다.

생각 POINT

나는 관심 받는 걸 좋아하나요?

관심을 받기 위해 내가 하는 행동은 어떤 것이 있나요?

관심을 받기 위해 행동하는 사람 때문에 피해를 본 적이 있나요?

<나는 관심에 매몰되어 있지 않은가>를 읽고 나니

어떤 생각이 드나요?

질문하는 것에 대하여

요즘 꼬맹이들은 지금의 어른들이 그 나이었을 때보다 훨씬 영어 발음이 좋은 것 같다. 그뿐만 아니라 모든 정보를 훨씬 이른 나이에 습득하는 것 같기도 하다. 20년 전에는 궁금한 게 있으면 그 궁금증을 푸는 데 시간이 걸렸다. 엄마나 아빠에게 "왜?"라며 폭풍 같은 질문 세례를 할 수도 있었다. 물론 "이제 그만 좀 해!"라며 엄마, 아빠에게 야단을 맞을 수도 있다는 위험성이 높은 방법이었다. 다른 방법으로는 책에서 질문에 대한 답을 찾을 수도 있었다. 동네나 학교 도서실에 가서 답변이 될 만한 책을 골라 직접 읽어보는 것이었다. 마지막으로, 컴퓨터가 있는 집이라면 당시에 많이 사용하던 "다음(Daum)"이나 "야후(Yahoo)"와 같은 포털 사이트에 검색을 해보는 것이었다.

이렇게 원하는 답변을 찾을 때까지 정보를 찾고 또 찾는 게 내가 어렸을 적에 사용됐던 가장 보편적인 방법이었다. 반면 요즘 아이들은 궁금하면 즉각적으로 휴대전화를 켜서 유튜브나 인스타그램에 검색한다. 곧바로 챗GPT에 물어보기도 한다. 정보가 매우 쉽고 친절하게 찾아지는 셈이다. 그래서 그런지 '요즘 아이들은 참 똑똑하다'라는 생각을 자주 하게 된다. 아는 것도 많고, 유튜브에서 본 정보로 어른이나 주변 친구의 말에 곧잘 반박하기도 한다.

그런데 이에 따른 부작용도 있다. 아이들은 아직은 어리기 때문에 이러한 정보를 곧이곧대로 받아들일 때가 많다. 엄마가 수저로 밥을 떠먹여 주듯 아무런 노력 없이 얻게 되는 정보의 진위성을 딱히 판단하지 않고 정보를 찾아가는 데 필요한 '생각하는 과정'이 생략된다. 정보의 오류가 있을 수 있다는 문제도 있지만, 스스로 질문을 해서 생각해 볼 기회가 없다는 게 가장 큰 문제라는 생각이 든다.

질문과 이에 따른 생각은 우리의 마음과 정신을 성장하게 한다. 생각하지 못했던 것들을 다시금 곱씹어보게 할뿐더러 창의성 또한 길러준다. 지금 자라나고 있는 세대가 정보의 다양성은 훨씬 높지만, 기성세대보다는 질문할 기회가 더 없지 않을까 하는 안타까움이 있다.

사실 나부터도 질문하지 않을 때가 많다. 너무나도 쉽게 찾아지는 정보에 익숙해진 나머지, 정보를 받아들인 후로는 생각이 별로 없다. '왜 그럴까'라는 의문보다는 '그렇구나'라는 생각이 들어 더 이상 질문하지 않는다.

그러나 질문이 없으면 발전도 없다고 생각한다. 그리고 더 이상의 질문을 하지 않는다는 건 해당 주제에 대해 더 알고 싶은 의지가 없다는 것과도 같다. 사람을 대할 때도 마찬가지로, 상대방에 대한 궁금증이 그치면 더 이상 그 사람과의 관계도 깊어지지 않을 것 같다.

내가 의문이나 질문을 품지 않고, 달리 생각해 보지 않아 창의성을 발휘하지 못하고 있는 것이 무엇이 있을까 생각해 보았다. 그리고 뜬

금없이 가장 먼저 생각난 건 닭의 울음소리를 흉내 내는 한글 의성어에 대한 생각이다. 닭은 "꼬끼오~~~"하며 운다고 엄마에게 아주 어렸을 때 배웠다. 내가 자란 아프리카 가나에서 수도 없이 닭의 울음소리를 들었지만 전혀 "꼬끼오~~~"와 같은 소리는 아니다. 그런데도 나는 "꼬끼오~~~"를 의심해 본 적이 단 한 번도 없는 것 같다. 아이가 닭은 어떻게 우냐고 물어본다면 뭐라고 대답하겠는가? 정석대로 "꼬끼오~~~"라고 말하겠는가, 아니면 내가 실제로 들은 대로, "빽빽-!! 빠빡벅- 빽빽!!"이라고 대답하겠는가? 나는 아마 "꼬끼오~~~"라고 배웠기 때문에 "꼬끼오~~~"라며 울어댔을 것이다. 배운 정보에 대해 달리 생각해 보지 않았기 때문이다. 역시 나만의 생각이나 창의성이 떨어지는 대답이다.

배운 그대로 받아들이고 수행하는 것, 그것이 잘못되거나 틀린 건 절대 아니다. 그런데 배운 게 맞는 건지 확인하고 내가 더 나은 생각이 있다면 그 생각을 따라 보는 게 내 생각의 다양성을 높이는 방법이 아닐까? 그래서 나도 앞으로는 "꼬끼오~~~"보다는 주변의 시선이 부끄럽더라도 내가 실제로 듣고 자란 닭 소리인 "빽빽~~!! 빽빽-빽빽~~!!"을 흉내 내기로 결심한다.

생각 POINT

나는 정보를 어떻게 찾나요?

나는 찾은 정보에 대해 생각하는 편인가요?

틀에서 벗어나지 못한 생각을 한 적이 있나요?

<질문하는 것에 대하여>를 읽고 나니 어떤 생각이 드나요?

당신은 꿈이 뭐예요?

"너는 꿈이 뭐야?"

어린아이들에게 주로 묻는 매우 흔한 질문이다. 아이들은 많은 경우에 직업과 관련된 꿈으로 대답하곤 한다. 요즘 어떤 게 유행인지에 따라 아이돌, 운동선수, 의사, 과학자 등 다양한 직업이 어린이들의 미래를 채운다. 그런데 나는 새로운 누군가를 만날 때면 상대방이 어른임에도 불구하고 물을 때가 있다.

"꿈이 뭐예요?"

이 질문은 상대방에 대해 더 알아가고 싶은 내가 하는 최대한의 관심 표현과도 같다. (물론 이미 진행되고 있는 대화의 맥락에서 벗어나지 않게, 갑작스럽지 않게 질문한다.) 누군가가 꾸는 꿈을 알고 이해하는 것보다 더 그를 잘 이해할 수 있느냐는 생각이 들어서 그렇다. 그런데 이 질문을 던질 때면 당황한 기색을 숨기지 못하는 어른이 많다. 꿈에 대한 질문을 받은 지가 너무 오래돼서 그런 걸까? 아니면 삶에 치여 어찌어찌 살다 보니 어린 시절에 꾸었던 꿈과는 너무 멀어져서 그런 걸까? 상대방의 마음속을 알 수는 없지만, 생소한 질문에 당황한 이들이 꾸는 그 꿈이 궁금한 건 변하지 않는다.

사실 어떤 이는 다른 사람의 꿈에 그리도 관심을 두는 나에게, 그리고 나의 꿈을 가꾸는 일에 열중하는 내게 '꿈꾸는 소리'를 한다고 말할 수도 있겠다. 때로는 나도 마음대로 되는 것이 하나도 없는 이 세상에서 어찌 꿈꾸겠냐는 마음이 들 때가 있다. 그런데 아무리 사는 게 각박해도 내게 꿈꾼다는 건 그리 허무맹랑한 일은 아니라고 생각한다.

내가 생각하는 어른의 꿈은 이루라고 있는 목표와는 사뭇 다른 것 같다. 달성할 무언가보다는 인생을 살아가는 데 길잡이가 되어주는, 내 주요한 신념을 만들어주는 하나의 나침반과도 같다고 생각한다. 물론 학창 시절 때에는 직업에 대해 꿈꾸는 것이 당연하다. 공부하는 것이, 그리고 노는 것이 일인 아이들에게는 직업을 가진다는 게 큰 꿈만 같은 일이기 때문일 것이다.

어른이 된 이상 우리는 대부분 생계를 이어가는 방법이 이미 있다. 직업에 대한 꿈은 내가 그동안 살아온 인생에 따라 그 범위가 한정되기 마련이고 매일 마주하게 되는 현실 속에서 꿈을 꾸기란 쉽지 않다. 그러나 그렇기 때문에 오히려 꿈꿔야 한다고 생각한다. 그렇지 않으면 내 인생은 쳇바퀴 돌듯 그냥 돌아가기 때문이다. 그리고 아무 생각 없이도 잘 살아지기 때문에도 말이다.

결국 내가 인생을 더 잘 살 수 있기 위해, 그리고 의미 있는 삶을 살기 위해 늘 꿈을 간직해야 한다고 생각한다. 달성하고 마는 꿈이 아닌,

죽을 때까지 나의 나침반이 되어 주는 그런 꿈 말이다.

사실 나의 꿈은 그리 대단하지 않다. 내가 꾸는 꿈은, 죽을 무렵이 되었을 때 "잘 살았다"라는 생각으로 후회 없이 죽는 것이다. 그런데 이 소박할 수 있는 꿈이 나의 주요 신념을 일상생활 속에서도 올곧게 지키고 싶게 만든다. 친절하기, 사랑하기, 베풀기, 하고 싶은 것이 있으면 곧바로 도전하기와 같은 것들 말이다. 물론 내가 죽을 때가 되어서 "잘 살았다"라는 생각을 못 하고 이 세상을 떠날 가능성이 더 크다. 그러나 어른이 꿈꾸는 이유는 이를 달성하기 위함은 아니라고 생각한다. 내가 이러한 꿈을 늘 간직했기 때문에 나의 인생이 더 풍요로웠고 마지막까지 그럴 것이라는 점에 초점을 맞추고 싶다.

그래서 이제 당신에게 묻는다.

당신은 어떤 꿈을 꾸는 사람인가?

꿈이 당장 생각나지 않더라도 괜찮다. 분명히 마음속 깊은 곳에서 내가 그리는 인생, 곧 꿈이 있을 테니 말이다. 곰곰이 생각해 보면 내가 살아온 삶, 내가 앞으로 살아갈 날들이 빚어낸 나만의 꿈을 발견할 수 있을 것이다. 나는 당신이 그 꿈을 소중히 간직하며 인생이라는 여정 속에서 길을 잃지 않기를 바란다.

생각 POINT

내가 꾸는 꿈이 있나요?

꿈이 없었던 적이 있나요?

이루지 못한 꿈이 있나요?

<당신은 꿈이 뭐예요>를 읽고 나니 어떤 생각이 드나요?

죽을 수도, 살 수도 있다면

나는 살면서 죽음을 많이 겪었다. 내가 낸 에세이 "엎지른 물이 내 마음에 담긴다"에 이에 대한 이야기의 일부가 나오지만, 나는 말라리아가 흔한 곳인 가나에서 자랐기 때문에 오늘 분명히 멀쩡했던 사람이 다음 주에 생을 마감했다는 소식이 들려오는 건 놀랍지만서도 놀랍지 않은 일이었다. 이런 경험을 많이 한 나는 우리가 늘 죽음과 함께 한다고 생각하게 되었다.

대체로 우리는 죽음을 먼 나라 이야기처럼 생각하는 것 같다. 당장 내가 내일 죽을 수 있다는 걸 인정하면서도 실제로 그러겠냐는 생각에 죽음의 존재를 망각한다. 그런데 사실 매일 뉴스만 봐도 곧바로 알 수 있다. 버스 사고가 나서 죽은 사람들, 다리가 무너져서 죽은 사람들, 이런저런 황당한 사고로 목숨을 잃은 사람들은 아침에 집을 나서면서 그들이 오늘 죽을 거라는 건 꿈에도 몰랐을 것이다. 그럼에도 그들과 그들 가족의 준비되지 못한 마음은 죽음이 닥쳐오는 걸 막아내지 못했다.

역시 살아있다는 건 참 위태로운 상태이다. 삶과 죽음이 마치 서로 저울질을 하는 것만 같다. 물론 지금 나와 당신의 저울은 삶의 쪽으로 기울어져 있지만 언제 갑자기 죽음의 쪽으로 저울이 확 넘어갈지는 아무도 모른다.

이런 죽음에 대한 이야기, 참 비관적으로만 느껴질 수도 있다. 그러나 나는 달리 생각한다. 죽음이 갑작스레 올 수 있다는 사실만 염두에 두면 나는 지금 더 나은 선택을 할 수 있다. 내게 더 소중한 것을 더 가꾸려고 할 것이고 더 좋은 사람과 시간을 보내려고 할 것이다.

삶에 대해 조언하는 영상이나 글에 이런 질문이 등장하곤 한다.

"만약 당신이 내일 죽는다면 오늘 무얼 하시겠나요?"

나는 이런 상황에 부닥치면 정말 무모한 일을 하고 싶을 것만 같다. 갑자기 시간이 모자란다는 생각이 들어 훅- 여행을 떠나던가 늘 도전하고 싶었던 일들을 갑자기 하루 동안만이라도 할 것이다.

그런데 나는 이 질문에는 허점이 있다고 생각한다. 물론 내 죽음이 내일 오면 어떻겠냐는 가정하에 묻는 말이기는 하지만 우리는 죽음을 절대 예측할 수 없다. 실제로 내일 죽을 수도 있지만 살 수도 있다. 그래서 나는 관점을 바꿔 질문을 새로이 하고 싶다.

"만약 당신이 내일 죽을 수도 있다면 오늘 무얼 하시겠나요?"

조급함을 조금 더 없앤 질문이다. 급하지 않기 때문에 여유를 가지고 내 주변에 소중한 것들을 돌아보게 되리라 생각한다.

그래서 나는 그런 마음으로 인생을 살고 있다. 나는 내일 죽을 수도, 살 수도 있다. 그렇기 때문에 오늘 최선을 다하고 싶다. 죽을 수도 있기 때문에 내게 소중한 사람들과 시간을 보내기도 하고 내게 가치가 있는 일들을 한다. 그리고 반대로 내일을 살 수도 있기 때문에 내 미래를 위한 투자 또한 잊지 않는다. 당신 또한 내일 죽을 수도, 살 수도 있다. 그렇다면 오늘 어떤 하루를 보내고 싶은가?

생각 POINT

살면서 죽을 고비를 넘긴 적이 있나요?

나는 요즘 어떤 마음가짐으로 살고 있나요?

내일 죽을 수도, 살 수도 있다는 사실을 염두에 두면 무엇이 하고 싶어지나요?

<죽을 수도, 살 수도 있다면>을 읽고 나니 어떤 생각이 드나요?

나는 겁이 많은 어른이니까

아직 다치면 아프다는 걸 모르는 아기가 위험한 물건을 덥석 집으려고 하듯, 나 또한 세상의 험악함을 아직 몰랐던 아동기 시절에는 겁이 참 없었다.

계단을 내려갈 때는 늘 서너 개를 남긴 시점에서 나머지 계단을 한 번에 폴짝 건너뛰는 것을 좋아했다. 심지어는 지금보다 더 짧았던 두 다리로 말이다. 넘어져서 팔이라도 부러지면 어쩌려고. 집에서는 심심하면 문을 활짝 열고 문틀의 양 끝을 스파이더맨처럼 손발로 밀어내며 문틀의 끝, 즉 천장 끝까지 몸무게를 지탱하며 올라갔다. 그 높은 데에서 손발의 힘을 놓으며 다시금 땅에 무사히 착지하는 것이 참으로 재밌었다.

또 당시에는 여느 놀이터에서 볼 수 있었던 내 작은 키와 비슷했던 높이의 얇은, 가로 철봉에 살포시 올라앉는 걸 좋아했다. 그 상태에서 손으로 봉을 잡고 휙- 하고 뒤로 고꾸라져서 접힌 두 무릎으로 철봉에 거꾸로 매달려 있는 게 매번 이어지는 놀이였다. 넘어질 수도 있다는, 크게 다칠 수도 있다는 생각은 내게 단 한 번도 스치지 않았다.

이렇게 겁이 없었던 나는 도대체 어디로 간 걸까? 30대로 접어드니 지하철을 타러 내려가는 수많은 계단에서 넘어져 나뒹굴까 봐 두려워, 한 발 한 발 집중하며 내려간다. 하수구 맨홀이 도로에 보이면 밟지 않고 건너뛰어서 지나가고, 콘크리트 대신에 노출 철망이 바닥을 이룰 때면 철망이 부러지지는 않을까 하는 두려움에 빠르게 건넌다. 나이가 든 걸까? 아니면 철이 든 걸까? 가끔은 이렇게 겁이 많아진 나의 모습에 회의감이 들기도 한다.

그렇지만 다르게 생각해 보면 잃을 게 생겼다는 의미일 수도 있을 것 같다. 어릴 때는 내가 가진 것이 무엇인지, 내가 무엇을 잃을 수 있는지조차 알지 못한다. 아이이기 때문에 사실 일군 게 많지 않은 상태이기도 했을 것이다.

아직 누군가에게는 너무나도 어린 나이일 수도 있는 30대의 내가 이렇게 겁이 많아졌다는 것은, 내가 그만큼 잃을 것이 많다는 의미이기도 한 것 같다. 그만큼 내가 열심히 살아왔다는, 소중한 것들을 가지고 있다는 증거이다. 역시 겁이 없다는 것은 지킬 것이 없는 상태이거나 과하게 무모하다는 것일 수 있기 때문에 겁이 많아진 어른의 나에 대해 회의감을 크게 느끼지 않기로 한다.

그렇지만 겁이 과해지는 걸 주의할 필요는 있는 것 같다. '겁'이 내 생각을 지배하는 순간, 모든 것을 회피하려고만 하는 것이 사람의 본능 같기도 하다. 예로, 나의 이모가 가까운 것이 잘 안 보이기 시작하셔서 다초점 안경을 맞춰볼까 하셨다. 그런데 주변 지인들에게 물어

보니, 모두 어지럽고 머리 아팠다며 다초점 안경에 대해 좋지 않게 이야기했다고 한다. 어지럽고 머리 아픈 건 질색하는 나의 이모는 지인들의 의견을 철석같이 믿고 몇 년간 필요할 때마다 일반안경을 벗었다, 꼈다가 하는 불편함을 감수하며 생활하셨다.

그렇게 몇 년을 고생한 후에야 드디어 다초점 안경을 맞추게 되셨는데, 이렇게 편한 걸 왜 겁먹고 이제서야 했나 싶다고 내게 말하셨다. 나와는 엄연히 다를 수 있는 사람의 말을 괜히 들어서 미리 겁먹고 이제서야 안경을 맞추신 게 너무 후회된다고 덧붙이셨다.

이와 같이 누구나 작은 것에 대해서 겁이 날 수 있다. 사실, 겁이 나도 좋다. 겁은 우리가 안전할 수 있도록 자연이 선물해 준 장치이기도 하니까 말이다. 그런데 이러한 겁이 내 생각, 감정과 행동을 지배해 내가 '겁먹은 상태'가 되면 현명한 선택이 어려워지는 것 같다. 겁이 느껴진다면, 내가 왜 겁이 나는지, 잃을 게 무엇인지 객관적으로 판단한 후에 행동하는 것이 좋다는 생각을 해본다. 적어도 나는 겁이 아주 많은 어른이기 때문에 이런 방식으로 내 감정에 대처하려고 노력한다.

생각 POINT

나는 어릴 때에 비해 겁이 더 많아졌나요?

나는 겁이 많은 편인가요?

겁이 나서 상황 판단을 하기가 어려웠던 적이 있나요?

<나는 겁이 많은 어른이니까>를 읽고 나니 어떤 생각이 드나요?

도와주세요

도와달라는 말은 내게는 그리 쉬운 말이 아닌 것 같다. 한국의 장녀가 집안일의 모든 대소사를 챙기며 모두가 그들에게 의지하는 현상을 보아 한국의 장녀들을 "K-장녀"라고 흔히 지칭하곤 한다. 나도 대표적인 K-장녀답게 많은 짐을 얼싸안고 있지만 이에 대한 불평불만을 표출하지 않으며 살아간다.

그런데 살다 보면 가끔은 나도 절실하게 도움이 필요할 때가 있고 나를 위한 시간이 필요할 때가 있다. 결국 나를 위해 선을 그어야 하는 날이 오는 것이다. 그런데 습관 탓인지, 사회적인 가르침 때문인지 그 말이 입에서 잘 떨어지지를 않는다.

"도와주세요."
"나 도움이 필요해."

이 말이 그렇게 어려운 것인가? 왜 이 말이 그리도 어려운 건지 나 스스로에게 묻고 싶다. 생각해 보면 나에게 기대를 거는 이들이 실망할 거라는 생각, 내게 의지하는 사람들이 나의 나약함을 보았을 때 느낄 불안감이나 실망감, 그리고 마지막으로 쓸데없는 나의 자존심 때문에 그런 것 같기는 하다. 그런데 이런 생각들을 종합해 보면 결국 내가 오만해서 그렇다는 결론으로 다다른다. 내가 도대체 어떤 대단한 사람이길래 남들이 내게 의지할 수 있다고 믿는 건가? 그리고 내가 그동안 얼마나 대단히 잘 해왔다고 그들이 실망하겠는가?

더불어서 자존심 때문에 도움을 요청하지 못한다는 건 결국 나 자신이 나에 대해 떳떳하지 못한 거고, 내가 나의 약점을 인정할 준비가 되어있지 못하다는 걸 의미한다고 생각한다. 결국 내가 내 나약함을 볼 자신이 없다는 게 아닐까 싶다. 하지만 그것이야말로 정말 나약한 게 아닐까?

내가 좋아하는 찰리 맥커시(Charlie Mackesy)의 그림책 "소년과 두더지와 여우와 말(The Boy, the Mole, the Fox and the Horse)"에서 말하기를, 누군가가 가장 할 수 있는 용기 있는 일은 도움을 청하는 것이라고 했다. 우리는 여러 내면의 이유와 생각으로 도움을 청하지 못하게 되지만, 결국 내가 할 수 있는 용기 있는 선택과 행동은 내 상태와 상황을 온전히 이해하고 납득한 후에 적절한 도움을 구하고 그것을 받아들이는 것이다.

나는 임상 심리를 공부하기도 했고 양극성 장애로 인해 정신과 치료와 심리치료를 근 8년간 받아왔기 때문에 정신적으로, 심리적으로 힘든 친구들의 고민 상담을 유독 많이 듣게 된다. 이들이 먼저 마음을 열고 자신이 느끼는 우울감, 죄책감, 심할 경우에는 자살 충동에 대한 이야기를 나에게 해주는 게 얼마나 고마운 일인지 모른다. 그리고 얼마나 용기 있어 보이는지 모른다. 자신의 약점과 치부 아닌 치부를 드러내는 게 얼마나 힘든 일인 걸 알기 때문이다.

그렇게 도움을 청한 이들에게 나는 적절해 보이는 방향으로 최대한 도움을 많이 주려고 노력한다. 정신과를 추천하기도 하고 많은 경우에는 임상 심리 전문가를 연결해 주곤 한다. 그렇게 그들의 용기 있는 선택은 언제나 더 나은 삶으로 이어진다.

도움이 필요한데 말하기가 어려울 때는 나 자신을 들여다보며 이를 어렵게 만드는 나만의 이유를 탐색해 봐야 하는 것 같다. 그래야 내가 도움을 얻어 더 나은 상태로 나아가는 걸 막게 하는 생각들이 뭐가 있는지 파악할 수 있고 이를 극복할 수 있을 것이다. 그 후에야만이 용기 있게 도움을 청하고 나를 위한 최선의 선택을 할 수 있을 거라고 믿는다.

생각 POINT

나는 도와달라는 말을 한 적이 있나요?

나는 도와달라는 말을 잘하는 편인가요?

도움을 받은 후에 어떤 마음이 들었나요?

<도와주세요>를 읽고 나니 어떤 생각이 드나요?

우

리

다른 이들의 판단은 중요하지 않아요

지금은 1인 독립 출판사의 대표인 나는 언젠가 어느 스타트업의 리드, 즉 팀장이었던 때가 있었다. 중간 관리자로써 누군가의 능력치를 측정하는 업무를 피해 갈 수 없었다. 예로 면접을 보는 이들에게 그들의 생각을 탐구하기 위한 이런저런 질문을 하며 피면접자가 과연 주어진 일을 할 수 있는 역량을 갖췄는지 알아보려고 했다. 그뿐 아니라 관리하는 팀원 또한 그들이 가진 능력과 관심사에 따라서 업무를 배정하는 일을 맡았었다.

회사에서의 중간 관리자로써 당연히 수행해야 하는 업무였지만, 누군가의 능력, 역량이나 경제성, 즉 그들의 '값어치'를 판단해야 한다는 건 내게 굉장히 괴롭고 고된 일이었다. 내가 하는 결정에 따라 경제시장에서의 그들의 값어치가 매겨지는 것 같아 매우 불편했다. 아무래도 아무나, 그 누구나 채용할 수 없었기에 냉철한 평가를 했지만 말이다. 그 모든 평가가 나만의 주관적인 생각에 의한 것이라는 게 불편했다.

그런데 이제 와서 생각해 보니, 그 업무를 그렇게 괴롭게 여기지 않아도 되었던 것 같다는 생각이 든다. 우리는 생각을 가진 인간이기에 늘 누군가를 평가하기 마련이다. 일종의 인간적인 본능이라는 생각도 든다. 누군가를 처음 만났을 때 그 사람에 대해 판단하고 기준을 세워 그 사람의 행동을 예측하려고 하는 게 당연하듯 말이다.

그런데 우리는 가끔 누군가가 나에 대해 어떻게 판단하고 생각하는지를 굉장히 신경 쓴다. 아무래도 사회적인 동물이라서 그런 걸까, 아무리 남의 의견 따위 중요치 않다고 생각하는 사람도 살다 보면 어떠한 순간에는 다른 사람의 의견을 중요시할 때가 있다. 그리고 누군가가 나를 무시한다거나 저평가한다는 생각이 들면 성격에 따라 위축되기도 하고, 매우 화가 나기도 하며 자존감이 낮아지기도 한다.

그러나 누군가가 생각한 나의 값어치는, 누가 그것을 판단하는지에 따라 매우 다를 수 있다고 생각한다. 우리는 모두 가치관이 다르기 때문에 같은 사람을 다르게 평가하기도 할뿐더러, 한 인간으로서의 값어치는 모두 동일하기도 하고, 오히려 그 사람의 내면의 깊이에서 드러난다고 생각한다. 그런데 어떻게 몇 번의 만남으로 사람의 내면을 그리 깊이 들여다볼 수 있겠는가? 우리는 서로의 꾸준한 행실과 모습을 지켜보며 상대방에 대해 추측할 뿐이다.

물론 시장 경제적인 측면에서 한 사람의 값어치는 다를 수 있다. 회사에서는 인성은 좋고 열심히 하는데 업무를 잘 수행하지 못하는 사람이 어떻게 보면 가장 골치 아플 수도 있겠다. 그런데 누군가가 특정 일을 못 한다고 해서 그 사람의 값어치가 낮다는 건 아니라고 생각한다. 분명 그가 더 잘하는 일이 따로 존재할 것이기 때문이다. 역시 어떤 가치관으로 누군가를 평가하는가에 따라서 그 사람의 값어치는 변하기 마련이다. 그렇기 때문에 다른 이가 매긴 나의 값어치에, 그들의 의견에 크게 신경 쓸 필요는 없는 것 같다. 결국 내 내면의 힘을 꾸준히 쌓고 이에 따른 꾸준한, 좋은 행실을 보이면 다른 이들 또한 나에 대해 높이 평가할 수밖에 없을 것이다.

생각 POINT

타인의 판단이 두려웠던 적이 있나요?

내가 다른 이를 무심코 판단한 적이 있나요?

나는 타인에게 어떤 사람으로 보이고 싶나요?

<다른 이들의 판단은 중요하지 않아요>를 읽고 나니

어떤 생각이 드나요?

노력하는, 진정한 친구 사이

'진정한 친구'가 무엇일지 생각을 해보았다. 친구가 무엇인지 설명할 방법은 무한대로 많을 것 같다. 예로, 한국에서는 나이가 같으면 친구라고 소개하기도 한다. 그러나 나이가 같지 않다고 해서 친구가 될 수 없는 것은 아니다. 가끔은 친구의 나이가 무관할뿐더러, 심지어는 종을 뛰어넘어 반려견이 인간의 가장 좋은 친구라고 칭하기도 한다.

친구가 되는 법은 생각보다 아주 쉬운 것 같다. 동갑이라면 말을 놓고 편안하게 서로의 이름을 부르고 나면 그때부터 친구라고 하기도 하는 것처럼 말이다. 그런데 그 친구가 내 진정한 친구라고 하기에 아직 섣부르다는 건 대부분 동의할 것이다. 또 친한 친구라고 해서 무조건 진정한 친구가 아닐 수도 있다. 오랜 시간 함께 있어서 친해졌을 수도 있고, 막상 따지고 보았을 때는 깊이가 없는 관계일 수도 있기 때문이다.

나는 진정한 친구란 서로의 상황, 즉 사회적 지위, 금전적 상태, 물리적인 거리 등과 무관하게 늘 서로에 대해 관심을 두고 응원하며 그 긍정적인 감정을 표현하는 이라고 생각한다. 필요할 때만 찾는 그런 친구들은 많이 봐왔다. '친구'라고 할 수는 있겠지만 '진정한 친구'로 여기기에는 어려웠다. 또 내가 어려울 때 먼저 관심을 두고 다가와서 물어 봐주는 친구는 더욱 흔치 않았다. 예로, 내가 잘 다니던 회사를 그만두거나 출판사를 시작했을 때 이에 대해 크게 관심을 두지 않는 친구가 있었다. 알게 되었을 때도 따로 묻거나 응원의 말을 하지 않았다. 그 친구를 변론하자면 응원을 표현하기에는 삶에 치여 너무 바빴을 수도 있었겠다. 아무래도 평소에 좋아하지 않는 것에 관심을 따로 두는 것은 노력이 매우 필요한 일이니까 말이다.

또 한 사람만이 아니라, 서로가 정말 마음을 다해야 진정한 친구 사이가 될 수 있다는 생각이 든다. 그렇기 때문에 한 명이 진정한 친구의 모습을 갖췄어도 상대방이 그렇지 못하다면, 진정한 친구가 되고자 하는 사람이 손해를 볼 수도 있다. 우리는 그것이 두려운 걸까? 아니면 늘 마음을 다했다가 받을 수도 있는 마음의 상처가 두려운 걸까? 그러나 분명한 건 한 명이라도 마음이 닫혀 있다면 진정한 친구 사이가 될 수 없다는 것이다.

그래서 나라도 용감하게 진정한 친구의 모습을 갖춰보려고 노력하고자 결심했다. 손해 보더라도, 상처를 받더라도, 그 손해와 상처는 내가 받겠다는 마음으로 말이다. 내가 먼저 손을 내밀어야겠다고 결심한 것이다. 상대방이 관심이 없더라도 나 먼저 진정한 친구가 되어야 진정한 친구 사이가 될 수 있을지도 모르기 때문이다. 결국 친구 사이란, 변화하는 상대방에 대해서 끊임없이 관심을 두고자 노력해야만 진정성을 기반으로 한 관계가 될 수 있을 것 같다.

생각 POINT

나는 어떤 친구인가요?

진정한 친구는 어떤 행동을 한다고 생각하나요?

마음을 다칠까 봐 진정한 친구가 되기를 포기한 적이 있나요?

<노력하는, 진정한 친구 사이>를 읽고 나니 어떤 생각이 드나요?

설레는 익숙함

누군가가 15년째 같은 사람과 어떻게 행복할 수 있냐고 내게 물으며 의아해했다. 나에게는 내 남편, 내 남편에게는 나를 일컫는 질문이다.

나는 남편과 7년 연애 후 일찍이 결혼했고 결혼 8주년이 빠르게 지나가는 세월에 등 떠밀려 슬그머니 다가오고 있다. 이제서야 30대 초중반을 들어선 우리에게 15년의 세월이란 꽤 긴 시간이다. 올해 서로의 삶에 들어서기 전과 후의 시간이 동일해졌고 내후년이면 서로의 존재를 알고 난 이후의 시간이 더 길어지는 셈이다. 이제 슬슬 서로에게 지루해질 법도 한데 행복하냐는 질문에 나는 확신 있게 대답할 수 있다.

행복하다며, 그리고 매일 더 행복하다며.

이제 연애하기 시작한 커플에게 흔히들 콩깍지가 씌었다고 말한다. 상대방에게서 보아야 할 것은 보지 못하고, 보이지 않아야 하는 건 보인다는 의미이다. 15년 전, 훨씬 더 젊고 건강했던 내 눈에 만약 콩깍지가 붙어 있었다면 그건 이미 떨어진 지가 오래되었을 것이다. 서로를 알아가는 과정 중에 있었던 수많은 다툼, 성격 차이, 환경 차이

같은 것들이 그 콩깍지를 한 꺼풀씩, 아주 잘 벗겨냈다. 지금의 나는, 내 남편이 잘난 점과 못난 점을 아주 정확하게 잘 알고 있다. 특히 결혼하고 나서는 못난 점이 갈수록 늘어났다.

그런데 우습지만 나는 아직도 남편에게 설렌다. 멀리서도 알아보는 내 남편의 얼굴, 목소리, 성격, 눈감고도 알아맞힐 수 있는 그의 향기가 내게는 너무나 익숙하다. 그 익숙함은 나에게 편안함을 느끼게 하고 이러한 편안함 속에서 설렘이 조용히 고개를 든다. 지나가는 나날들 속에서 서로 화내고, 실망도 하고, 슬픔을 나누지만, 이러한 상황이 지나고 나면 행복한 순간이 곧 찾아온다는 확신이 있기에 편안하고 그 어떤 힘든 일이 있어도 우리 일상 속의 행복이 언제나 존재할 것이라는 사실에 설렌다.

사실 많은 이들이 새로운 것에서 설렘을 더 많이 느끼는 것 같다. 그러나 그런 경우에는 서로에게 익숙해질수록 새롭게 느껴졌던 감정이 갈수록 줄어든다. 역시 설렘이라는 건 편안함보다는 불안감, 특히 모르는 것에 대한 긴장감, 짜릿함 등에 더 기반하기 때문이다.

우리는 편안함에서 오는 익숙함이 지루함과 동일하다고 쉽게 착각하는 것 같다. 사람의 마음은 그 깊이를 헤아릴 수 없다지만 우리는 늘 상대방을 간파했다고 곧잘 생각한다. 그리고 상대방에 대한 나만의 분석과 파악이 끝나고 나면, 세워놓은 나의 기준대로 늘 그 사람을 정의한다. 가장 안타까운 것은 상대방이 내가 정한 기틀에 걸맞지 않은 행동(좋은 행동이든, 나쁜 행동이든)을 할 때에는 그 행동에 대한 새로움은 느끼지 못하고 오히려 엉뚱함을 느끼며 의외라고만 생각하곤 한다.

그러나 15년이라는 세월 동안 거의 매일 본 내 남편도 나도 끊임없이, 그간 하루도 빠짐없이 변화해 왔고 나는 익숙한 내 남편의 아주 미세한 변화가 새롭게 느껴진다. 그리고 이러한 변화를 놓치지 않으려고 노력하기 때문에 하루하루가 새롭다. '우리'가 매일 새롭다.

역시 나는 사람은 늘 변화하는 존재라고 믿는다. 변화하므로 늘 새로울 수밖에 없는 존재이다. 지루하다는 생각이 든다면, 우리가 그런 새로움을 가볍게 지나치거나 눈치채지 못하는 게 아니겠냐는 생각이 든다. 상대방의 아주 작은 성장과 변화를 알아차릴 수 있도록 노력한다면, 설렘은 늘 이어질 것이다. 그리고 나만의 그 사람과 함께하는 시간이 언제나 새롭고 설렐 것이다.

생각 POINT

나는 설레본 적이 있나요?

지금도 설레는 일이 있나요?

익숙함이 힘들게 느껴졌던 적이 있나요?

<설레는 익숙함>를 읽고 나니 어떤 생각이 드나요?

눈높이를 맞추는 것

가끔 누군가와 대화하다 보면 내가 모르는 사람이 언급될 때가 있다. 화자가 내가 모르는 그 사람에 대해 부연 설명을 할 때도 있지만, 그러지 않을 때가 종종 있다. 그럴 때면 나는 고개를 끄덕이며 대화에 관심을 계속 두려고 노력한다. 하지만 누군지 모르는 사람에 대한 이야기를 계속 듣고 있자니 지루해지는 건 어쩔 수 없는 사실이다. 반대로 대화에 끼어있는 누군가가 모르는 사람이 언급될 때면 그 사람에 대해 간단히 설명하고 넘어가는 경우가 있다. 애당초 대화 소재를 이야기하는 데 그 사람이 그다지 중요하지도 않지만, 대화에 모두가 낄 수 있게끔 이해할 만한 크기의 정보를 빠르게 건네주는 것이다.

나는 이런 대화 습관이 배려와 굉장히 밀접한 관계를 맺는다고 생각한다. 누구나 배제되는 것을 싫어한다는 건 모두가 아는 사실일 것이다. 나 혼자 고립된 느낌을 받는 것은 모두가 싫어할 수밖에 없다. 인간은 사회적인 동물이니까 말이다. 그런데 막상 사람들과 대화하다 보면 나만, 혹은 누군가만 끼지 못하는 순간들이 발생하는 것 같다. 부연 설명 없이 내가 이해하지 못하는 말들을 주야장천 늘어놓으면, 나는 말이 없어질 수밖에 없고 대화에 끼지 못해 외톨이가 되어 버리는 현상이 일어나는 것이다.

나는 내가 누군가를 대화 속에서 외톨이로 만든 적은 없는지, 그리고 앞으로 노력해야 할 부분에 대해 곰곰이 생각해 보았다. 나는 상대방이 모르는 사람에 대해서는 부연 설명은 잘하는 편인 것 같기는 하지만, 대화 소재 자체에 대한 부연 설명을 잘 못하는 것 같다는 생각을 해본다. 예로, 누군가가 나에게 부가적인 설명 없이 갑자기 "상대성 이론"에 대해 심도 있게 논한다면 굉장히 당황할 것 같다. 그래서 상대의 눈높이에 맞춘 대화가 좋겠다는 결론을 지어본다.

상대방의 눈높이에 맞추기 위해서는, 상대방의 행동과 표정, 생각에 온전히 집중해야 하는 것 같다. 상대방이 지금 이 대화 소재에 대해 내가 전달하고 있는 바를 잘 이해하고 있는지, 내가 너무 많은 정보를 주고 있지는 않은지 혹은 너무 적은 정보를 주고 있지 않은지 잘 살펴야 할 것 같다. 물론 굉장히 귀찮다고 생각할 수도 있겠지만, 서로에게 온전히 집중하는 것이 대화를 통한 공감으로 이어진다고 믿고 있다.

반대로 만약 내가 대화 속에서 배제가 되는 것 같을 때면, 나는 상대방에게 적극적으로 알려야 할 것 같다. 내가 이해를 정확히 못 했다며, 혹은 이 사람은 누구냐며. 그래야만 일방적인 소통이 아닌 서로 주고받는 대화가 아닐까?

우리는 5살 아이, 12살 아이, 20대나 50대 성인에게 같은 의미를 전달하려고 하더라도 다른 방식으로 한다. 각자의 눈높이에 맞춰서 말하는 것이다. 나는 상대가 누구든지 간에, 그들이 나와 편안하게 대화할 수 있도록 모두의 눈높이에 맞춰서 말하고 싶다. 그리고 상대도 내 눈높이에 맞춰서 대화해주기를 바라고 있다. 서로가 서로에게 맞췄을 때, 비로소 진정한 대화가 될 것이라고 믿는다.

생각 POINT

대화 중에 외톨이가 된 적이 있나요?

대화 중에 누군가가 외톨이가 되는 걸 목격한 적이 있나요?

눈높이를 맞춰서 대화하기 위해 나는 어떤 노력을 하나요?

<눈높이를 맞추는 것>을 읽고 나니 어떤 생각이 드나요?

어둠을 이기는 빛

나는 어렸을 때부터 나를 좋아하는 사람은 나를 정말 사랑해 주는 반면, 나를 싫어하는 사람은 내 모습을 꼴도 보기 싫어했던 것 같다. 성격이나 성향의 색이 매우 짙어서 그런 건지, 아니면 내가 하는 말이나 주장이 튀어서 그런지는 몰라도 늘 나에 대한 호불호가 갈렸던 것 같다. 그런데 중요한 건 타인이 나를 어떻게 생각하는지가 아니라, 내가 그들의 태도나 감정에 어떻게 대처했는지가 더 중요할 것 같다는 생각을 해본다.

누군가가 나를 좋아한다면 나도 그 사람을 좋아하기가 어렵지 않다. 오는 말이 고와야 가는 말도 곱다는 속담이 있듯, 오는 감정이 긍정적이면 가는 감정도 좋기 마련이다. 딱히 서로 흠잡을 데가 없으니 말이다. 그러나 누군가가 나를 별로 좋아하지 않는 것 같을 때 문제가 발생한다. 어떤 이유로든 간에 누군가가 나에게 부정적인 감정으로 대하게 된다면, 나도 사람이기에 내 감정 또한 좋지 않게 변한다. 누군가가 내 험담을 하면 나도 그 사람의 험담을 하고 싶어지는 게 인간이다.

"무지개 반사!"

아주 옛날 옛적에 유행했던 장난이다. 누군가가 내게 안 좋은 말을 하면 '무지개 반사'를 하여 그 사람에게 그대로 갚아주는 말장난이었다. 생각해 보면 우리는 주로 무지개 반사를 하며 살아가는 게 아닌가 싶다. 나를 유독 좋아해 주는 사람은 나도 좋아하고, 나를 한 번 미워하기 시작한 사람은 나도 미워하는 것이다. 그런데 앞으로는 나를 미워하는 사람에게는 '무지개 반사'가 아닌 '사랑의 반사'를 하면 어떨까. 물론 그 상대방이 내 사랑을 무차별하게 버릴 수도 있겠다. 그렇다면 관계 개선을 하는 데 노력을 해봤다는 것에 의의를 둘 차례일 것이다. 그러나 역으로 보낸 '사랑의 반사'에 상대방이 당황한 나머지 '무지개 반사'를 보내버린다면, 서로 미워하던 그 사이는 풀릴 것이라고 예상해 본다. (물론 모든 관계가 그렇게 쉽지만은 않겠지만 말이다.)

마틴 루서 킹 주니어(Martin Luther King Jr.)가 말한 적이 있다.

"어둠은 어둠을 몰아낼 수 없고 오직 빛만이 할 수 있다.
증오는 증오를 몰아낼 수 없고 오직 사랑만이 할 수 있다."

서로를 마냥 싫어하기만 한다면 그 관계에는 개선이 없을 것이다. 물론 관계를 개선하고 싶지 않을 수도 있다. 하지만 계속 봐야 하는 사이인데 관계 개선이 없다면 서로 마음만 불편하지 않겠는가? 만약 서로 미워하기만 하는 굴레에 빠져버린 상황이라면, 누군가는 증오와 미움을 사랑으로 보답해야 할 것이고 그게 당신이기를 바란다.

생각 POINT

나를 싫어하는 사람이 있나요?

나를 싫어하는 사람에 대해 어떻게 대처하나요?

'사랑의 반사'를 하기 위해 어떤 마음을 가져야 하나요?

<어둠을 이기는 빛>을 읽고 나니 어떤 생각이 드나요?

결국 나는 외친다

순식간에 지나버린 2024년의 삼일절 날, 길가에 선 기둥에는 태극기가 줄을 지어 달렸고 어떤 식당에서는 삼일절을 맞이하여 유공자, 군인, 국가 공무원, 선생님 등에게 할인 등을 제공하였다. 나는 당시에 왠지 모르게 이런 일들이 흐뭇하게 느껴졌다. 물론 나는 모처럼 찾아온 공휴일에 놀기에 바빴지만 말이다.

대한민국이라고 하면 줄곧 안 좋은 말만 하게 되는 나인데, 늦겨울인지 초봄인지 모를 2024년의 삼일절에 유독 휘몰아치는 바람 속에서 휘날리던 태극기가 왜 그리도 내 마음을 따뜻하게 하는지는 나도 알 수 없었다.

나는 심지어 재외국민이다. 두 살 8개월에 아프리카 가나로 떠났고, 미국을 거쳐 2015년 10월쯤에 우리나라로 돌아왔다. 계산해 보면 성인이 되고 나서 한국에서 산 기간은 올해로 10년 정도밖에 안 된다.

한국에 들어왔을 당시에 아주 사소한 것들조차 나를 이방인처럼 느껴지게 했다. 심지어는 매번 식당에 들어가서 왜 수저와 젓가락을 안 주는지도 헷갈려서 종업원의 눈치를 본 적이 많았다. 알고 보니 테이블 옆에 서랍을 달자는 기가 막힌 생각을 누군가가 했던 것이다. 사실 나는 아직도 테이블 아래에 수저와 젓가락, 휴지가 든 서랍이 있는 식당인지, 아니면 직접 식기를 가져다주는 식당인지 곧바로 알아차리는 (조금 더 한국에 오래 산) 남편이 여전히 놀랍다.

우리나라를 욕하자면 끝도 없을 거다. 양측의 입장을 들어 보기도 전에 열을 받아서 끓어 넘치는 냄비와도 같은 데다가 다소 감정적이고 폭발적인 성향을 보이는 사람들, 그것이 내가 가진 한국인에 대한 대략적인 이미지이다.

그런데 나는 그게 부끄럽지 않다. 그런 성향으로 인해 우리나라가 독립할 수 있었다고 생각한다. 우리나라를 위해 똘똘 뭉칠 수 있는 사람들이었고 현재도 그렇다. 하나의 신념하에 뭉칠 수 있다는 것이 얼마나 아름다운 건가. 문득 2002년 월드컵 때에 하나같이 붉은 옷을 입고 얼굴까지 빨갛게 칠했던 한국인들의 모습이 생각난다.

요즘 나라 꼴이 엉망인 것 같다. 정치 문제부터 시작해서 저출산 문제, 집값 문제, 세대 간 갈등, 나열하자면 끝도 없을 거다.

그런데 결국 태극기는 나의 피를 끓게 한다. 유독 바람이 거셌던 그 삼일절에 태극기가 휘날리는 모습을 보니, 그리고 이 나라가 거쳐온 고된 길을 되새겨보니, 지금 우리가 마주하는 현실과 문제들은 하찮아졌다.

그만큼 우리가 지금 단합할 때가 아니냐는 생각이 스쳤다. 대한민국이 말세라는 말이 입에서 절로 나오더라도, 포기하지 않고 우리 선

조들의 피땀 묻은 태극기가 망신살이 늘어가지 않도록 우리가 뜻을 모아야 하는 게 아닌가 싶다. 물론 나는 오늘도 대한민국과 우리의 정부를 욕한다. 그러면서도 나는 영원히 우리나라의 편에 선다.

문득 내가 내 남편을 욕하는 모습이 떠오른다. 나는 남편의 잘잘못을 곧잘 따지곤 한다. "네가 이렇게 했어야지." " 왜 그렇게 했어?"라는 말을 자주 한다. 그런데 남이 내 남편에 대해 한마디라도 안 좋게 한다면 아마 내가 화병이 나서 잠도 못 잘 것이다. 심지어는 그렇게 말한 사람에게 따지러 갈 수도 있다.

내게는 그게 대한민국, 우리나라인 것 같다. 욕해도 내가 욕한다. 남편이 집 밖에서 못난 행동을 하고 난 후, 집에 들어서는 순간부터 다음에는 그러지 말라는 말부터 꺼내는 것처럼 나부터 우리나라에 사는 한 명의 시민으로서 이 나라를 더 살기 좋게 만드는 작은 실천을 해야겠다고 다짐한다. 친절을 먼저 베푸는 사람, 먼저 배려하는 사람, 그리고 먼저 나랏일을 위해 나서는 사람. 나는 그런 사람이 되고 싶다.

그렇게 나는 늘 외치고 싶다.

"대한 독립 만세!"

결국 나 같은 한 명의 한국인이 모여 우리나라를 세우고 만든 것이니 말이다.

생각 POINT

지금 우리나라를 생각하면 어떤 생각이 드나요?

나는 우리나라를 사랑하나요?

우리나라를 위해 나는 어떠한 일을 할 수 있나요?

<결국 나는 외친다>를 읽고 나니 어떤 생각이 드나요?

삶

삶이 주는 선물

삶이라는 선물 상자 속에 무엇이 들어있을까. 급한 마음으로 겹겹이 싸인, 화려한 선물 포장지를 뜯으며 마음이 조급해진다. 설렘과 함께 마음에 안 드는 선물일 수도 있다는 생각도 해본다.

야생말이 긴 머리카락을 바람에 흩날리며 달리듯 인간이라는 존재도 자꾸만 뛰고 싶어 한다. 생명임을 인지하는 순간부터 우리는 달리려고 한다. 그토록 자유로웠던 야생마가 인간의 통제에 의해 정해진 길을 벗어나지 못하게 되듯, 우리도 각자의 욕심, 경쟁, 그리고 수많은 못난 모습들로 인해 무상으로 주어졌던 자유에서 점점 멀어진다. 그 누구도 나를 옥죄이지 않는데, 발에 쇠사슬이 걸려있고 그 철커덩거리는 사슬은 나 자신이라고 할 수밖에 없다.

감옥 창살을 지은 건 나 자신인데도 자유를 찾기 위해 달리기 시작한다. 가슴이 조여오고 숨이 턱턱 막히는 기분이 든다. 조급하다. 다리는 사시나무 떨듯 떨리고 팔과 다리 위에는 축축한 이슬이 맺힌다. 아무래도 계속 숨이 턱 끝까지 밀쳐오는 상황 속에서 계속 한 발씩 앞으로 나아가기란 쉽지 않다. 그래도 헐떡이며 힘겹게 죽을힘을 다해 한 발씩 내디딘다. 내 무게를 지탱하던 신발마저 밑창이 닳아버리고 타들어 가는 목을 축일 물조차 마실 수가 없는 위험한 심박수까지 이르

고서야 다리가 풀리며 몸이 무너진다.

의지와는 다르게 무릎과 어깨가 땅을 철썩 치며 눈물인지 땀인지 모를 몸의 이슬은 작은 웅덩이가 되어 땅을 적신다. 고개를 들어보려고 하지만 너무 오랫동안 기관차처럼 이 길을 달려왔기 때문에 다시 일어날 힘이 없다. 그렇게 누워서 하늘을 보게 된다.

하늘이 이렇게 옥빛이었나. 새삼스럽게 하늘이라는 존재에 놀라고 감탄한다. 거품을 뿜는 바다와 버금가게 역동적인 하늘은 눈동자가 아플 정도로 눈부시다. 나를 땅에 묶어두던 사슬이 부러진다. 그리고 헉헉대며 먼 길을 달릴 때는 보이지 않았던, 만질 수 없었던 저 지평선 위로 날아오른다.

태어나며 강제적으로 주어졌던 삶이라는 선물 상자를 다시 뒤져서 꺼내어본다. 선물 상자를 마저 뜯어보니 아무것도 들어있지 않다.

"그렇구나, 상자가 선물이었구나."

약간은 후들거리는 팔로 상체를 지탱하고 무릎을 꿇고 앉는다. 숨이 다시금 고르고 뜀박질을 할 수 있을 것 같지만 더는 그럴 필요가 없음을 안다. 이제서야 삶이 주는 선물은 '내가 나일 수 있는 자유'였음을 알게 된다.

생각 POINT

나는 선물 받은 상자 속에 무엇을 넣고 있나요?

나는 '나'다운 삶을 살고 있나요?

나는 삶을 어떻게 살고 싶나요?

<삶이 주는 선물>을 읽고 나니 어떤 생각이 드나요?

지나가는 계절 속에서

누구에게나 봄이 있는 것 같다. 나의 봄은 언제였을까 생각해 보려니 막막하기만 하지만, 분명히 살아오면서 살랑거리는 봄바람이 부는 것 같은, 그저 돌아서기만 해도 꽃향기가 나는 것 같은 때가 언젠가 있었을 것이다. 그런데 막상 그때가 언제인지 손가락으로 콕 집어 말할 수 없는 걸 보니, 그때가 지금인 것 같기도 하다.

하지만 만약 내 인생의 봄이 지금이라면 곧 여름이 될 거라는 생각도 든다. 무더운 공기 속에서 무거운 몸으로 하루하루를 사는 계절이다. 밤이 되면 수많은 모기와 사투를 벌이고 하늘에 구멍이 뚫린 듯 내리는 장맛비에 신발이 다 젖은 채로 어쩔 수 없이 살아갈 것이다. 무더운 날씨가 끝나지 않을 것 같은 기분이 들 때쯤 되면, 그제야 밤 날씨가 갑자기 싸늘해지면서 전기료가 아까워서 가끔 틀던 에어컨으로도 해결되지 못했던, 꽉 막혔던 숨통이 트일 것이다.

그렇게 가을이 올 것이다. 가을이 되면 파릇했던 모든 것이 온통 숨을 죽이며 이번 생을 마감할 준비를 한다. 분명 어제까지는 연두색 빛을 냈던 이파리가 오늘 보니 갈색빛을 띠고, 시끄럽게 떠들어대던 청개구리들도 잠잠해질 것이다. 서늘하다 못해 싸늘해진 바람에 몸을 기대며 나는 삶을 계속 이어갈 것이다. 봄의 상쾌했던 바람과 분명히 같은 온도일 텐데 왜 그리도 춥게 느껴지는 건지는 알 수 없을 것이다. 아마도 고된 여름을 지내고 난 탓이 아닐까.

그 찬바람에 익숙해지지도 못한 채로 겨울이 다가올 것이다. 하늘에서 내리는 하아-얀 눈마저도 땅에 떨어지면 질척이는 갈색으로 물드는 계절이다. 생명은 찾아볼 수가 없고 모든 것이 움츠러들 것이다. 그 속에서 우리는 벌벌 떨며 기나긴 추위를 견뎌낼 것이다. 찬 바람이 무섭게 불면 등을 돌려막아내고, 흰 눈이 내리면 잠깐이나 그 따뜻함을 만지며 즐거워할 것이다. 그리고 모든 것이 죽은 듯이 조용할 것이다.

하지만 봄은 다시 찾아온다. 나는 그렇게 믿는다. 모든 것이 죽은 듯했지만, 새로운 삶이 땅에서 솟아오를 때가 되면 자연은 기가 막히게 정확한 시계의 움직임에 따라 덩달아 움직인다. 우리에게도 분명히 봄은 다시 찾아온다. 봄, 여름, 가을, 겨울이 지나는 과정 중에 내가 겪는 일들은 모두 내 인생의 봄으로 다시 가기 위함이다.

내가 만약 지금 봄을 살고 있다고 해도 이 봄이 영원하지 않을 수 있다. 만약 다른 계절을 살고 있다면, 그 또한 영원하지 않을 것이다. 분명 모든 계절은 지나기 마련이고 그 모든 것이 다시 반복되는 것이 삶의 순리, 자연의 순리인 것 같다. 우리가 할 수 있는 것은 각 계절만의 아름다움을 즐기는 것뿐이 아닐까.

생각 POINT

나는 지금 어떤 계절을 살고 있나요?

내 인생의 봄은 언제였나요?

지금 지나고 있는 계절 속의 아름다움은 어떤 것이 있나요?

<지나가는 계절 속에서>를 읽고 나니 어떤 생각이 드나요?

반복된 일상에 더해진 특별함

나는 어린 시절에 대한 기억력이 꽤 좋은 편이다. 기억하지 못할 법한 나이에 일어난 작은 일도 곧잘 기억하곤 한다. 내게 남아 있는 이런 영유아기의 기억을 살펴보면, 중요했던 경험도 있고, 별것이 아니었던 일도 많다.

만 세 살이 거의 되었을 때 엄마, 아빠와 남아공의 땅끝에서 큰 돌 위에 올라가 펭귄들에게 먹이를 준 일(이제는 할 수 없는 관광이 되었다)이 끊기는 필름과도 같이 생각나고, 이집트에서 보았던 수많은 계단 중앙에 우뚝 선 코끼리 동상 앞에서 초록색 귀를 가진 내 애착 인형을 쓰다듬기 바빴던 일들이 내 영유아기의 특별한 기억들이다.

그런데 반대로 내 고향인 아프리카 가나의 우리 집 앞 잔디에서 한참을 귀뚜라미 잡으며 놀던 날들, 밥을 안 먹겠다며 거부하는 내게 김에 밥을 싸서 한 입만 먹으라고 소리치며 나를 쫓아다니던 우리 엄마, 1994년도에 처음 가나에 가서 모든 회사 직원과 가족들이 한 빌딩에서 살 때 생활하던 모습들도 기억난다. 굉장히 일상적인, 사람 사는 모습들이었다.

이런 특별한 날과 일상이 뒤섞여 나라는 사람을 이룬다. 그러나 일상과 특별한 날 중, 누구나 마음속에 특별한 기억들이 더 소중하게 느껴지리라 생각한다. 막상 생각해 보면 잔잔한 일상이 없었다면 특별한 날도 없었을 텐데 말이다.

사실 나도 그렇다. 특별히 좋은 기억이 그만큼 더 좋은 건 사실이다. 더 생생하고 애틋하게 느껴지기 마련이기에 더 마음에 두게 된다. 특별한 기억은 희소성이 있기 때문에 특별하고 소중한 것이다. 하지만, 이 특별함을 만들어주는 건 나의 잔잔하고 고요한 일상이라는 걸 잊고 싶지 않다. 매일 일어나는 일일지언정, 일상을 아름답게 만들어 주는 건 그것이 그 자체로도 소중하다는 점이 아닐까? '특별한 날'이 단상의 1위 자리에 서서 금메달과 모든 환호를 받을 때, 은메달과 동메달을 받은 '일상'이 있었기에 '특별한 날'이 주목을 받은 것이라는 점을 우리는 잊어서는 안 된다.

우리는 '희소가치가 없지만 소중한 것'에 대한 소중함을 잊고 사는 경우가 많은 것 같다. 예컨대 공기와 같은 것 말이다. 공기는 희소가치가 없어서 특별하지는 않다. 내가 특별히 노력해야 얻어지는 환경이 아니고, 누구도 가질 수 있는 것이기 때문에 이로 인한 분쟁도, 이에 대한 무료 나눔도 일어나지 않는다. 그런데 만약 어느 날부터 공기가 서서히 없어진다면? 그 후의 일은 각자의 상상에 맡긴다. 역시 무언가가 풍요롭다고 해서 덜 소중하다고 생각하지는 않는다. 그리고 거기에는 우리의 일상이 포함되는 것 같다.

특별히 기쁜 날이 있고, 행복한 날, 우울한 날, 화나는 날이 존재한다. 그런데 이러한 특별한 날들보다는 고요한 일상을 지내는 경우가 내게는 더 많다. 이런 날들이 연달아 이뤄지기 때문에 지루하다고 생각할 수도 있겠지만, 일상이 이어진다는 건 그만큼 더 소중한 일일 것이다. 언젠가 또 찾아올 특별한 날을 알아차리고, 기억 속에 이를 담은 후에 고요한 일상으로 다시금 돌아올 수 있기 때문이 아닐까.

생각 POINT

내게 특별한 기억이 있나요?

나의 일상은 어떤 모습인가요?

일상이 지루할 때가 있나요?

<반복된 일상에 더해진 특별함>을 읽고 나니 어떤 생각이 드나요?

공평하다는 착각

나는 남편에게 화가 나거나 투정을 부릴 때면 "It's not fair!", 즉 "공평하지 않아!"라고 자주 외친다. 뭐가 공평하지 않은 건지는 나도 사실 잘 모르겠지만 일단 그리 외치고 본다. 뭔가 억울한 게 있으면 나는 은연중에 공정성에 문제가 있었다고 생각하는가 보다.

나는 공평한 걸 굉장히 좋아한다. 고기를 구울 때도 한 점씩 정성스레 구워 상대방 앞에 하나, 내 앞에 하나씩 일단 배분한다. 물론 결국 상대방을 더 먹이게 되지만 배분만큼은 일단 공평하게 시작하려고 한다. 집에서 수확한 엄지손톱만 한 아주 작은 토마토마저도 서로 맛볼 수 있게 반으로 갈라 남편과 둘이 사이좋게 나눠 먹는다. 콩 한 쪽도 공평하게 나눠 먹는 셈이다.

그런데 우리는 애초에 모두가 평등할 수 없는, 공평할 수 없는 세상에 이미 살고 있다는 생각이 든다. 우리는 태어날 때 다른 가정, 다른 부모, 다른 환경을 맞이하게 된다. 그래서 '금수저', '은수저', '흙수저'라는 말도 있다. 태어날 때부터 공평하지 않다는 건 누구나 아는 사실인 셈이다. 일란성 쌍둥이가 같은 환경에서 같은 부모와 같은 학교에 다닌다고 한들, 그들이 경험하는 인생이 다르고, 만나는 사람도 다를 수 있기 때문에 그 어떤 두 사람도 완전히 같은, 공평한 인생을 살았다고 할 수는 없을 것이다.

정치적인 공약을 살펴보면 더 공평하고 평등한 세상을 만들기 위해 일하겠다는 정치인이 많다. 소위 말해 '못 사는 사람'은 혜택을 더 주고, '잘 사는 사람'에게서는 세금을 더 떼겠다는 말로 함축된다. 그런데 과연 정치나 정부에만 의존해서 우리가 공정하고 평등한 세상을 만들 수 있을까? 우리 개개인이 스스로 공평한 세상을 만들려고 하지 않는다면, 이러한 공약만으로는 더욱 공정하고 평등한 세상이 될 수는 없을 것 같다는 생각을 해본다.

나는 조금이라도 더 공평한 세상이 되려면 우리가 각자 더 노력해야 한다고 생각한다. 만약 우리에게 더 무언가가 주어졌다면, 그 부분을 잘 파악하고 그게 누군가에게는 공평하지 않을 수 있다는 사실을 인지해야 한다는 것이다. 나에 대한 예를 들어 보자면, 나는 나를 사랑해 주는 부모 아래에서 자랐고, 재주나 특기가 많으며, 일찍이 결혼해서 나름 괜찮은 집을 장만하고 행복하게 살고 있다. 그러나 다 좋은 건 아니다. 늘 양극성 장애, 기면증, 류마티스 관절염에 시달리며 나름의 상처와 애로사항들이 있다. 내게 주어진 좋은 것들에 집중하면 나는 굉장히 많이 가졌을 수도 있고, 안 좋은 것에만 집중하면 세상이 힘들 정도로 내 인생이 불공평하게 느껴질 수도 있다. 그렇지만 한쪽에 집중하기보다는 객관적으로 나 자신이 가진 것, 가지지 못한 것을 잘 파악하려고 노력하는 게 중요한 것 같다. 그래야 내가 가진 것으로 배려를 할 수 있기 때문이다.

예로, 나는 질환이 많아서 늘 컨디션이 오락가락하기 때문에 정기적인 스케줄을 따르기 힘들어한다. 그래서 나의 남편이 설거지나 빨래와 같은 늘 해야 하는 집안일의 대부분을 한다. 그 대신 내가 요리에 재주는 더 뛰어나기 때문에 가능할 때 요리하고 몸을 쓰지 않아도 되는 로봇 청소기를 돌리는 일이나 식물을 관리하는 일을 한다. 서로가 하지 못하거나 가지지 못한 것들을 채워주는 게 결국 공평함을 만들어내는 배려가 아닐까?

주어진 게 나보다 더 많은 사람이 아주 많은 만큼, 더 많은 이들에게는 나의 삶이 그들이 주어졌던 것보다 훨씬 나을 수 있다는 생각을 늘 염두에 두려고 한다. 그래서 이러한 세상을 더 공평하게 만들기 위해서 결국 개개인이 서로 양보하며 배려해야 한다고 생각한다. 부자들에게서 세금을 더 떼겠다는 공약이 나오기 전에 (나는 부자에 해당하지도 않지만) 내가 가진 것으로 먼저 타인을 도우면 얼마나 좋을까? 오히려 우리가 절대 평등한 삶을 살 수 없기 때문에 이러한 배려가 더 필요하다고 생각한다.

생각 POINT

나는 세상이 공평하다고 생각하나요?

세상이 불공평하다고 느껴진 적이 있나요?

세상을 더욱 공평하게 만들기 위해 나는 어떠한 노력을 하나요?

<공평하다는 착각>을 읽고 나니 어떤 생각이 드나요?

속도보다는 과정을

부아아앙- 부아아아앙-

뒤에서 달려오던 차가 속력을 내며 우리 차 앞으로 무리하게 끼어든다. 주변 차의 경적에도 아랑곳하지 않고, 깜빡이를 키는 것도 잊은 채 무엇이 그리 바쁜지 빠르게 없어진다. 그런데 규정 속도로 가고 있던 우리 차는 다음 신호등의 빨간불 앞에서 그 차와 다시 나란히 선다. 다른 차들을 칠뻔하는 위험을 감내하고 규정 속도위반까지 하며 달렸지만, 그 차의 도착시간은 함께 달리는 다른 차들에 비해 크게 다르지 않다. 오히려 애만 쓰고, 다른 사람들까지 애를 먹였는데 별로 소득이 없어 보인다.

우리는 살다 보면 마음이 급해질 때가 있다. 걷기보다는 달려야 할 것 같은 압박감이 들 때도 있고 내 마음이 조급해서이든, 주변의 눈치를 봐서 그렇든, 뭐든 빨리, 더 빨리 해야 할 것 같은 기분이 들 수도 있다.

특히 오늘날의 사람들은 모든 면에서 빠르게 무언가를 이뤄내는 이가 더 승자라고 생각하는 측면이 있다. 내가 아는 사람이 학교를 일년 일찍 끝마쳤다고 생각해 보자. 어떤 생각이 드는가?

"대단하다."
"좋겠다."
"남들보다 1년이나 빠르네."

반면에 어느 사람은 학교를 1년 늦게 졸업했다고 생각해 본다면 어떨까?

"왜?"
"이유가 있나?"
"학교에 늦게 들어갔나?"

이렇게 우리는 1년조차도 크게 생각한다. 물론 그 1년이 큰 차이일 수도 있지만, 우리 인생의 길이를 생각했을 때 어떻게 보면 1년이 빠르거나 늦는다는 건 크게 중요하지 않다. 중요한 것은 그 시간 동안 무엇을 했고 얼마나 배웠는지가 더 중요한 게 아닌가 하는 생각이 든다. 학교를 1년 일찍 졸업한 사람이 알고 보니 시험에 늘 부정행위를 했다고 치자. 그리고 늘 타인을 배려하지 못하고 다른 사람들을 괴롭혔다고 상상해 보자. 그래도 그 사람이 학교를 1년 늦게 졸업한 사람보다 더 승자일까? 그리고 반대로 1년을 늦게 졸업한 사람은 친구라는 듬직한 자산을 많이 일궈서 졸업했고, 소문날 정도로 배려심이 넘치는 학생이었다고 상상해 본다면, 결국 누가 더 빨리 목적지에 도착했는지는 그렇게 중요해지지 않는 것 같다.

비관적인 생각일 수 있겠지만, 우리 인생의 목적지는 이미 죽음으로 정해져 있다. 그 목적지까지 가는 과정을 우리가 인생 혹은 삶이라고 통칭하곤 하는데, 인생이 하나의 과정이라면 우리의 그 정해진 목적지로 가는 동안 어떻게 사는지가 가장 중요한 것 같다. 내가 어떤 영향을 미쳤는지, 얼마나 성장했는지, 즉 어떤 삶을 살아왔는지가 더 중요한 것이다.

물론 이런 생각들이 너무 철학적이기만 하다고 느껴진다거나 뜬구름 같은 소리라고 생각될 수 있다. 그러나 목적만 지향하고 그걸 얼마나 빠르게 달성하느냐에만 치중하며 산다면, 남는 건 '나'와 내 목표에 따른 결과물밖에 없을 것이다. 가치관이 '빠르게 목표를 이루는 것'이었을 때 타인보다는 내 목표를, 그리고 사랑하는 마음보다는 내 욕심을 더 우선시하기 때문이다. 결국 목적지에 도달하는 과정을 더 챙겼을 때 실질적으로도 내게 남는 게 더 많을 것이라는 생각이 든다. 진정한 친구, 개인적 성장, 그리고 내가 남긴 발자취와도 같은 것들 말이다.

역시 속도보다는 과정이 더 중요하다는 생각이 든다. 그리고 목적지를 향해 꾸준히 향하다 보면 언젠가는 도착하게 될 것이고, 그 과정에서 많은 것을 배우고 익힌다고 생각해 보면 그 더디게 흘러가는 시간이 그리 헛되지만은 않을 것이다. 아무래도 한정된 인생의 시간이기 때문에 나는 목적을 달성하는 일보다는 과정에 일어나는 일들이 더 중요할 것이라고 믿는다.

생각 POINT

속도를 내고 싶어서 무리한 적이 있나요?

나는 과정을 즐기는 편인가요?

나보다 더 빨리 지나가는 이를 보면 어떤 생각이 드나요?

<속도보다는 과정을>을 읽고 나니 어떤 생각이 드나요?

과도한 열정에 대하여

나는 모든 면모에서 열정적인 삶을 살고 있다고 생각한다. 열정적으로 사랑하고, 열정적으로 일하며 열정적인 태도로 내 인생에 임하고 있다. 그런데 이러한 열정이 자칫하면 희생이 될 수도 있다는 생각을 해본다. 나의 심리치료 상담 선생님은 내가 열심히 일하는 모습에 대해 들은 후에 내게 이렇게 말씀하셨다.

"가슴 뜨겁게 사시네요."

그러고는 잇따라서 물어보셨다.

"그런데 그 불에 내가 타들어 가고 있지는 않죠?"

나는 순간 멈칫했다. 열심히 사는 데 너무 열심인 나머지 내 열정이 나를 태울 수도 있었다는 걸 그동안 잊고 살고 있었던 것 같다. 우리는 주로 열정적인 태도를 장점으로 생각하고 나 또한 열정적으로 사는 사람을 선호하며 동경한다. 그런데 모든 것에 있어서 너무 과한 것은 좋지 않다는 생각도 든다.

출판사를 꾸리기 전의 나는 꽤 괜찮은 연봉을 받으며 회사에 다녔었다. 건강상의 이유로 퇴사를 한 이후로 다시 이직했으면 아마 더 높은 연봉을 받아 경제적 상황에서만큼은 더 여유롭게 살았을 거다. 그런데 내가 이루고 싶은 것, 내가 꿈꾸는 것에 대한 열정을 쫓기 위해 회사에 취직하지 않고 출판사를 시작하게 되었다. 어찌 보면 무모한 선택이었을 수도 있겠다. 그리고 누가 보면 참 바보 같다는 생각이 들 수도 있겠다. 지금 내가 출판사로 돈을 벌 수 있는 단계가 아니니 말이다. 게다가 출판사가 잘되어봤자 내 전 연봉을 따라가려면 정말로 잘 돼야 해서 더 그렇게 생각할 수도 있다.

그런데 나는 출판사를 하려고 마음먹은 이상, 연봉은 더 이상 중요하지 않았다. 더 열심히 일하고 열정적으로 내 책을 만드는 데 집중하고 있다. 그리고 나는 감히 지금 말할 수 있다. 높은 연봉을 받았을 때보다 마이너스의 상황인 지금이 더 행복하다고 말이다. 하지만 내 열정과 온 마음을 출판사에 붓는 게 만약 내가 처한 경제적 상황이나 내 건강을 해친다면 과연 어떨까? 나는 이러한 질문 앞에서 머뭇거리게 된다. 선뜻 출판인의 길을 고집하겠다고 말할 수도 없고, 출판사를 접을 거라는 말도 쉽사리 할 수가 없다. 하지만 나는 안다. 만약 출판사를 운영하면서 내가 경제적으로 매우 취약해지는 상황이 오거나, 내 건강상의 문제를 맞닥뜨리게 되면 그건 내 열정이 나를 태우는 것이라는 걸 말이다. 그래서 내 열정에 내가 타지 않도록, 그런 일이 발생하지 않도록 늘 내가 가진 불같은 열정을 잘 경계해야 하려고 한다.

누구든 자신만의 열정이 있다. 그런데 그것이 직업적인 열정이든,

가족에 대한 열정이든, 친구, 자식, 꿈에 대한 열정이든지 간에 그 열기로 인해 내가 해를 입고 있지는 않은지, 내가 희생하는 게 너무 많은 것은 아닌지 늘 점검해야 할 것 같다. 나 자신을 우선으로 사랑해야 하므로 때문에, 내가 가진 열정이 과한 희생으로 이어진다면 이는 열정보다는 집착에 가까워진다고 생각한다. 결국 뭐든 과하지 않은 것이 좋고, 내가 가진 열정을 잘 조절해야 나를 태우지 않고도 내 꿈에 다다를 수 있을 것이다.

생각 POINT

나는 열정이 많은 편인가요?

내가 유독 집착하는 것이 있나요?

내 열정에 스스로 타들어 간 적이 있나요?

<과도한 열정에 대하여>를 읽고 나니 어떤 생각이 드나요?

완벽함을 추구하는 것

나는 어렸을 때부터 완벽해야만 하는 상황에 부닥쳤었다. 시험 한 문제라도 틀리면 엄마에게 호되게 혼나곤 했고, 악기나 발레 등 하는 것도 많았는데 이런 모든 일들에서 1등을 해야 한다는 강박감이 길러졌다. 모 아니면 도라는 인식이 생겼고, 흑백 논리적인 사고를 띄기 시작했다. 1등을 할 수 없으면 시작조차 하지 않으려고 했고 A+ 점수를 받지 못하면 나는 "못하는 사람"이었다. 중간은 존재하지 않았고, 심지어는 약속 시간에 늦을 것 같으면 약속을 취소해 버렸다. 얼마나 어리석은 생각과 행동인가.

나는 뒤늦게 과정의 중요성을 알게 되었다. "A+를 받지 못해도 배운 게 있으면 된 것이다"라는 생각을 진정으로 이를 납득하기까지는 굉장히 오랜 시간이 걸렸다. 인생을 더욱 길게 살아보니까 A+를 받았던 일들은 큰 의미를 띄지 않았고 오히려 과정을 통해 무엇을 배웠는지에 대한 평가가 더 자주 내려지는 걸 경험했다. 처음에는 이런 일들이 충격으로 다가왔다. 내가 완벽하지 못했는데도 나를 사랑해 주는 사람들, 그리고 오히려 내 미흡함에 사랑으로 보답해 주는 주변인들에 대해서 이해할 수가 없었다.

어느 순간, 나는 인간이 애초에 완벽할 수 없는 존재라는 걸 깨달았다. 내 선에서 완벽할 수는 있겠지만, 결국 완벽성이라는 건 인간에게서 눈 씻고 찾아볼 수 없는 특성이다. 그런데 우리는 왜 이렇게 완벽하기를 갈망하는 것일까? 나는 사실 우리 교육 시스템을 탓한다. 무한 경쟁에 놓인 학생들은 밤낮없이 공부만 하며 서로 얼마나 완벽한 점수를 받았는지에 따라서 더 나은 인생의 기회를 얻게 된다. 물론 누가 더 나은 인생을 살지는 끝까지 가봐야 하는 일이지만 말이다. 적어도 좋은 대학을 가기 위한 길목은 무한 경쟁에 따른 방식을 따르고 있고, 좋은 대학을 나오면 또 다른, '취업'이라는 경쟁이 이들을 기다린다.

그래서 나는 완벽성을 추구하게 된 우리들을 탓하고 싶지는 않다. 우리의 시스템이 그러한데 나만 다른 길을 갈 거라고 마음을 먹는 것도 매우 어려운 일이니 말이다. 로마에 갔으면 로마의 법을 따르라는 말이 있듯이, 한국에서 공부하는 학생이나 한국에서 취업을 노리는 취준생은 그곳의 법을 따를 수밖에.

나는 문득 한국의 우산 문화에 대해 생각해 본다. 한국에서는 비가 오면 누구나 다 우산을 쓰고, 우산이 없으면 비가 와서 갑자기 비싸진 우산값임에도 불구하고 편의점에 들러 구매하기까지 한다. 비가 오면 꼭, 무조건 우산을 써야 하는 한국 사람들이 처음에는 매우 신기했다. 외국에서는 비를 조금 맞는 것은 아무렇지 않게 생각하고, 오히려 비를 맞기 위해서 우산을 안 들고 나가 빗속의 낭만을 즐기는 때도 있다. 그래서 우산을 쓰기보다는 우비를 많이 사용하는 모습을 볼 수 있다. 조금 떨어지는 빗방울에는 우산을 챙기려는 생각조차 들지 않는 나로서는 아주 얇은 가랑비에도 우산을 바로 치켜드는 한국 사람들의 모습이 매우 인상적이었다.

왜 그런지 굳이 살펴본다면, 그냥 비에 젖는 게 싫은 걸 수도 있겠지만 비 오는 과정을 그리 즐기는 것 같지 않다는 생각을 해본다. 삶의 순간순간을 즐기기보다는 결과적으로 젖은 내 모습이 짜증 나는 게 아닐까? 완벽성이 무너지는 내 머리카락, 옷매무새 등이 비 내리는 낭만보다 더 중요한 것이 아닐까 하는 생각을 해본다.

나는 우산을 아직도 드는 것을 힘들어한다. 웬만해서는 우산을 들려고 하지 않는다. 물론 한국은 미세먼지 때문에라도 들어야 한다고 하지만, 나는 그 순간 마저도 즐기고 싶다. 공들인 완벽한 머리, 옷, 신발보다는 집을 나서 약속 장소까지 가는 데 느낄 수 있는 과정의 아름다움에 더 신경을 쓰고 싶다. 앞으로도 우산은 거센 빗줄기가 내릴 때만 챙길 생각이다.

생각 POINT

나는 완벽하고 싶어 하나요?

완벽하지 못했을 때 기분이 어떤가요?

내가 완벽해야 한다고 생각하는 이유가 있나요?

<완벽함을 추구하는 것>을 읽고 나니 어떤 생각이 드나요?

감정을 직면하는 것

내가 글 쓰고 그린, 그리고 엮은 책 중에 "나도 별이 되겠지"라는 책이 있다. 어른을 위한 그림책이었던 만큼 어른이 더욱 깊이 이해할 수 있는 감정을 실었다. 그리움이라는 감정, 그 감정의 끝은 어디일까.

나는 누구나 엄마에 대한 그리움이 존재한다고 생각한다. "엄마"라는 단어만 생각해도 눈물이 고이는 사람들이 있다. 나도 그중 하나이고. 그리고 "엄마"와 "그리움"이 합쳐지면, 마음이 진하게 아려오는 것이 사실이다. 도서전과 같은, 독자를 직접 만날 수 있는 행사에서 "나도 별이 되겠지"라는 책을 처음 접하는 사람 중 두 가지 분류로 크게 나뉘는 것 같다. 첫 페이지를 보고는 끝까지 읽는 사람, 그리고 첫 페이지를 보고는 너무 슬플 것 같다며 책을 매정하게 덮어버리는 사람. 나는 그 후자의 사람들에게 늘 설명하곤 한다. 전혀 슬픈 내용이 아닌, 희망에 대한 이야기라고.

그런데 그런 사람들은 나의 끈질긴 설득에 다시 책을 집어 들게 되더라도, 끝에 전달되는 희망의 메시지까지 가지 못하고 이내 다시 책을 덮어버린다. 물론 다시 책을 펼치지 않는 사람들이 대다수이기는 하다. 반대로 책을 끝까지 읽고 가는 사람들은 "감동적이다", "뭉클하다", "희망적이다"와 같은 후기를 남긴다. 그리고 "나도 별이 되겠지"를 대하는 이들의 상반된 반응을 살펴보며 나는 다시 한번 인생을 배운다.

우리는 흔히 아픈 것을 못 견뎌 하는 것 같다. 웬만해서는 피해 가려고 하는 데다가 아플 것 같으면 끝까지 가보려는 노력을 하지 않는다. 감정도 마찬가지다. 굳이 슬플 필요 없을 것 같으면 슬픔을 직면하지 않고 내게 큰 가르침을 줄 수도 있는 인생이라는 책을 덮어버린다. 그러나 슬픔이나 아픔을 피한다면, 지금은 괜찮겠지만 더 이상의 성장은 경험하지 못하는 것이다. 마지막에 나타나는 희망적인 메시지는 내가 전달받지 못하는 상황이 되어버리는 것이다.

영화도 반전이 있고, 책도 반전이 있는 경우가 많다. 나는 인생도 분명히 그럴 것이라고 믿는다. 인생도 끝까지 가봐야 이것이 아픔이었는지, 희망이었는지 알 수 있을 것이다. 그리고 인생의 굴곡과 아픔을 우리가 피해 가려고 한다고 해도 모두 피해 갈 수는 없다. 어쩔 수 없이 생기는 일들은 정말이지, 어쩔 수가 없다. 그런데 끝까지 내가 버티고 살아낸다면, 언젠가는 희망이 다시 찾아오고 돌이켜 봤을 때 웃을 수 있는 날이 온다는 것이다.

내 마음에 상처가 났다면 그것을 드러내야지만 치료할 수 있다고 믿는다. 계속 숨기려고만 하고 그 감정을 피해 다닌다면, 나는 그 쇠사슬에 묶여있는 것과도 마찬가지라고 생각한다. 그러나 만약 내 상처나 아픔을 직면할 수만 있다면, 그것을 소화해 낼 수 있는 희망이 생긴다. 드러냈으니 치료할 일만 남은 것이다.

책이 마음에 안 들면 덮으면 된다. 꾹꾹 애써 담아놨던 감정이 쏟아져 나올 것 같은 책이라면, 표지를 손쉽게 덮어서 내려놓으면 그만이다. 그러나 인생은 그렇지 않다. 인생은 좋든 싫든 계속되고 나는 그것을 살아내야만 하는 입장이다. 그래서 나는 아픔을 피해 다니고 싶지는 않다. 아픈 감정도 직면하며 내 자신을 더욱 이해하고 그 아픔 속에서 희망을 찾고 싶다. 이런 마음가짐으로 앞으로 일어날 일에 대한 기대와 희망을 품으려고 한다.

생각 POINT

감정을 회피하려고 한 적이 있나요?

감정을 직면해야 하는 상황을 맞이했을 때 나는 어떻게 반응하나요?

내가 가장 두려워하는 감정은 어떤 것이 있나요?

<감정을 직면하는 것>을 읽고 나니 어떤 생각이 드나요?

못 하지만 좋아하는 것

나는 한글이 좋다. 예뻐서 좋고 누구나 쉽게 배울 수 있어서도 좋다. 사실 나는 영어권 나라인 가나와 미국에서 총 21년을 살았기 때문에 한글보다 영어를 더 잘하지만, 잘한다고 더 좋아하는 건 아니니까. 그리고 썩 잘하지는 못해도 사랑할 수 있으니까, 나는 그런 마음으로 한글을 대한다.

좋아하는 것과 잘하는 것이 같다면 더할 나위 없이 좋겠지만, 그렇지 않은 사람이 더 많다고 생각한다. 그래서 좋아하는 것을 열심히 할지, 아니면 잘하는 것에 더 시간과 애정을 투자할지는 흔히 겪게 되는 딜레마인 것 같다. 나는 누구나 잘하는 무언가가 있다고 생각한다. "나는 잘하는 게 없는데?"라고 반문한다면, 아직 재능을 못 찾은 것이지 않을까, 재능을 찾기 위해 이것저것 더 많이 시도해 보고 경험해야 하는 게 아닐까, 라고 조심스레 말하고 싶다.

반면에 못 하지만 좋아하는 것도 간혹 생기곤 한다. 나 같은 경우에는 재봉을 정말 재밌어한다. 그런데 역시나 잘하지는 못한다. 최근에는 남편이 재킷을 만들어달라며 내게 요청을 접수하였지만, 만들다가 너무 실수가 잦아 결국 포기해 버렸다. 그렇지만 나는 이따금 다시 재킷을 만들려고 벼르고 있다. 재봉틀을 다루는 법을 터득하고야 말 것이라며 말이다. 사실 나에게는 한글도 이러한 존재이다. 잘 못 하는데, 잘하고 싶은 것. 영어보다는 못하지만, 그래서 더 사랑하게 된 언어.

한글에 내가 특별한 애정을 두는 데는 사실 의외의 이유가 따로 있다. 모국어라서 사랑한다는 뻔한 이야기를 하려는 게 아니다. 존경하는 세종대왕의 가장 위대한 업적인 한글을 이리도 사랑하게 된 이유는, 이를 배우는 데 너무나도 큰 재미를 느껴서이다.

나는 중학교 때까지만 해도 한 문장 속에 한글 단어만 사용하는 것을 매우 어려워하고 어색해했다. 예를 들어, "학교 갈게"라는 간단한 말도 "school에 갈게"라고 말해서 엄마와 아빠에게 가끔 지적을 받았던 기억이 있다. 이렇게나 한글을 못 했던 내가 한국 소재의 대학원에 가서 한글로 교재를 읽고 리포트를 적어야 했던 심정이란.... 정말이지, 고난의 시기였다. 내가 한글을 이렇게 못하는구나, 깨닫는 시기였다.

이때쯤만 해도 한글에 대한 애정이라고는 없었다. 그런데 한국에서 생활하며 한글을 더 잘 이해하기 시작했을 때부터 한글에 관심이 더욱 가기 시작했고 한글을 더 잘하게 되는 내 모습에 성취감을 느끼면서 한글을 사랑하기 시작했다. 아직은 잘 못 하지만, 언젠가 잘할 수 있다는 희망을 품기 시작한 것이다. 아직도 편안한 환경에서는 한글과 영어를 혼용해서 쓸 때가 많지만, 이제는 한글만 사용하려면 할 수 있는 수준까지 이르렀다. 외국에 살았다고 이야기하지 않으면 내가 했던 기나긴 외국살이가 이제는 전혀 티가 나지 않을 정도로 한글이 늘었다.

그것이 내가 생각하는 "그저 잘하는 것"과 "못 하지만 사랑하는 것"의 큰 차이인 것 같다. 내가 이미 잘하는 것에서 느껴지는 성취는 내가 못 했던 것을 더 잘했을 때 느껴지는 성취보다 조금 덜 한다고 느껴서 그런 것일까? 어쨌든 무엇이든지 배우기를 좋아하고 성장하는 데 큰 의미를 두는 나로서는 그렇게 느껴진다.

사실 내가 아무리 열심히 국립국어원을 찾아봐도 문법을 완벽하게 터득하지는 못할 것이다. 그러나 어제 몰랐던 문법이나 단어를 오늘 알 수 있게 된 것이 나에게는 큰 발전이다. 한글과 영어를 혼용해서뿐이 말할 수 없던 어린 시절의 내가 커서 출판사를 차려, 직접 책을 쓸 수 있었던 것은, 내가 못 하는 것을 포기하기보다 그것을 오히려 더욱더 사랑한 덕분이라고 생각한다. 그래서 나는 못 하는 사람이 아닌 열심히 하면 언젠가 더 잘할 수 있는 사람이라는 것, 그게 나에 대한, 그리고 모든 사람에 대한 나의 믿음이다. 못 만들어서 중도 포기했던 남편의 재킷, 언젠가는 꼭 완성하고 마리라.

생각 POINT

내가 잘하는 것은 어떤 것이 있나요?

좋아하지만 못하는 것이 있나요?

좋아하는 걸 못 했을 때 기분이 어떤가요?

<못 하지만 좋아하는 것>을 읽고 나니 어떤 생각이 드나요?

못나도 맛은 똑같다

못났다는 말은 여러 의미를 가질 수 있다. 실제로 못생겼다는 말이 될 수도 있고, 다르다, 모나다, 특이하다는 것과 같은 다양한 의미를 내포한다. 인간은 그런데 이렇게 다른 것, 못난 것에 대한 두려움을 느끼는 것 같다. 인간의 역사가 증명했듯이 말이다.

백인은 유색 인종을 처음 만났을 때 단지 피부 색이 다르다는 이유로 그들을 노예로 삼거나 학살을 시키는 것을 일삼은 기나긴 역사가 있으며, 중세 시대에는 신체적으로 다른 사람들을 감금하여 그들을 동물보다도 못하게 취급하는 일이 흔했다. 오늘날에는 이러한 일이 덜 있다고 생각할 수도 있겠지만, 사실 우리는 아직도 나와는 다른 사람에 대해서 두려움이나 경계심이 앞서는 것 같다. 누군가가 얼핏 보아 다른 것 같으면, 어, 나랑 다르네? 라는 생각부터 먼저 하게 되는 것 같다. 그런데 다르다고만 느끼면 다행이고, 다른 걸 틀렸다고 생각할 때가 종종 있다. 그러나 누군가가 나와는 다르다고 해서 절대 틀린 건 아닐 것이다. 내가 생각하는 방식이 더 맞다고 생각하는 것조차, 상대방이 "덜 맞다"라고 생각하는 것이기 때문에 맞고 틀리고의 문제 또한 아니라고 볼 수 있다.

한 목적지에 가는 데 여러 가지 방법이 있다. 나와 나의 남편은 한

차에 타서 목적지로 향하는 데 어떤 길로 가야 하는가에 대해 다툰 적이 있다. 어떤 길이 더 빠르냐, 어떤 길이 더 막힌다, 이런 의견 차이가 있었다. 그러나 사실은 우리 둘의 의견 중 더 나은 방법은 따로 없었다. 교통상황에 따라서 더 빠른 길이 바뀌는 것뿐, 어떤 길이 항상 더 빠르거나 더 느린 건 아니었다. 막상 내비게이션보다도 더 빠르다는 길로 갔는데, 그 경로에 예기치 못한 차 사고가 생기는 바람에, 교통 체증이 급속도로 심각해져서 약속 시간에 늦어 버렸다. 역시 그 길이 더 빠른지 느린지는 가봐야 아는 것이었다. 덧붙여서 어느 경로가 이번에 더 빨랐다 한들, 다음번에도 그 길이 차가 덜 막힐 거라는 보장도 없는 것이다.

이렇듯, 항상 맞거나 틀린 사람은 없다. 상황에 따라 더 나은 의견이나 방법은 있을 수 있지만 누군가의 말이 늘 맞거나 덜 맞거나, 완전히 틀렸다고 생각하는 건 역시 이상적인 태도는 아닌 것 같다. 그것이야말로 정말 틀린 생각이 아닐까.

그리고 우리는 스스로가 가진 기준에 빗대었을 때 더 못난 사람들에 대한 의견에 더 혹독한 기준을 세우곤 한다. 예를 들어, 나보다 회사 경력이 더 짧다거나, 사회적 인정을 나보다도 못 받는 사람이거나 신체적, 정신적 장애를 가지고 있다거나 더 어리다거나 한 경우를 말하는 것이다. 즉 얼굴의 생김새에 대한 "못남"이나 마음의 "모남"이 아닌, 개인적 잣대로 평가한 "나보다 못난 사람"을 이야기하는 것이다.

안타깝게도 우리는 나보다 못난 것 같은 사람을 곧잘 무시하는 것 같다. 그러나 사실은 내 방식이나 생각이 늘 옳다는 보장은 없다. 회사에서 내가 아주 많은 경험을 가지고 있더라도 교통체증의 현황처럼 세상은 늘 바뀌고 있다. 그렇기 때문에 상대가 이제 막 입사한 신입이라 한들, 상대방의 의견을 찬찬히 들어보고 때에 맞게 판단할 필요성이 있다. 턱없이 경험이 부족한 신입이라고 해서 의견이 틀린 건 아니라는 것이다.

최근에 "어글리어스"라는 채소 구독 서비스가 눈에 띄었다. 해당 서비스는 말 그대로 "ugly"한, 즉 못난 채소를 더 저렴한 가격으로 구입할 수 있게 하는 온라인 배송 서비스이다. 못난 채소는 상품 가치가 없어서 유통을 못 하고 버리곤 하는데, 생긴 것만 못났지, 사실 영양소나 맛은 똑같다. (우리는 채소까지도 못남으로 평가하는 셈이다.) 꼬랑지가 두 개인 당근이라고 해서 당근 맛이 안 나는 건 아니다. 오히려 뿌리가 하나인 일반 당근보다 양이 두 배라면 모를까. 나는 이 생각을 우리에게도 적용해 보고 싶다. 내가 생각하기에 나보다 못난 사람이라고 해서, 그 사람의 가치관이나 생각, 살아가는 방식의 가치가 감소하는 건 절대로 아니다. 채소가 아무리 못나도 맛은 똑같듯, 각자 삶의 모양새는 달라도 그 가치는 동일하다는 사실을 잊지 말아야 할 것 같다.

생각 POINT

나는 다른 이보다 '못났다'라는 이유로 저평가 당한 적이 있나요?

누군가가 '못났다'라는 이유로 그 사람에 대한 편견을

가진 적이 있나요?

'못난 것'을 접했을 때 어떤 생각이 드나요?

<못나도 맛은 똑같다>을 읽고 나니 어떤 생각이 드나요?

작지만 큰 영향력

우리 집으로 오는 지하철역 앞에 작은 횡단보도가 하나 있다. 그런데 이 횡단보도는 차가 많이 오지 않는 탓에 암묵적인 규칙이 생긴 것인지, 건너면 안 되는 빨간 신호일 때도 대다수의 사람이 눈치껏 무단횡단을 한다. 아직 사고가 났다는 소식은 듣지 못해서 다행이지만 사실 웬만해서는 사고가 날 확률이 적은 아주 작은 횡단보도라서 사람들이 큰 생각 없이 건너는 것 같다. 융통성 없다고 생각할 수도 있겠지만, 나는 차가 전혀 없어도, 사람들이 신호를 지키지 않고 건너고 있을 때도, 거의 유일하게 신호를 지키고 서 있는 사람 중의 한 명이다. 그런데 신기한 건, 내가 서 있으면 나를 뒤따라온 몇 명의 사람도 같이 함께 서 있게 된다는 것이다.

이 지구에는 2023년 기준으로 약 80.25억의 사람이 살고 있다고 한다. 우리 각자가 이 세계의 0.000000012461059%를 이루고 있다는 말이다. 커다란 개미집에 사는 수천 마리, 수만 마리의 개미 중 한 마리가 죽거나 독단적인 행동을 해봐야 개미집에 무슨 타격이 있을까 싶겠냐마는, 인간은 사회적인 동물이기 때문에 다르다고 생각한다. 인간은 함께 살아가기 때문에, 한 사람의 영향력이 서로에게 전파될 수밖에 없다.

세계적인 미디어 기업인 포브스(Forbes)에서는 해마다 "30 Under 30"이라는 제목으로 30세가 아직 안 된 30명의 가장 영향력 있는 인물을 뽑는다. 카테고리는 헬스케어, 벤처, 교육, 소셜 미디어, 사회적 영향력 등으로 다양한 만큼 한 사람이 한 분야에서 얼마나 큰 영향력을 미칠 수 있는지를 보여준다. 역시 세상에 영향력을 펼치는 일은 단 한 사람에게서 시작된다는 것을 잊으면 안 될 것 같다. 미국의 위인 중 한 명인 인류학자 마거릿 미드(Margaret Mead)는 이렇게 말했다.

"사려 깊고 헌신적인 시민들로 이루어진 소수가
세상을 변화시킨다는 사실을 절대 의심하지 마라.
세상은 이들에 의해 변화해 왔다."

이제 나 자신에게 물어볼 차례이다. 나는 사려가 깊은가? 나는 헌신적인가? 나로 인해서 세상이 조금이라도, 긍정적으로 변화하고 있는가?

큰 일을 하는 대단한 위인일 필요는 없다. 나도 위인은 아니기에 사소한 것에서 세상에 변화를 주고자 하고 있다. 어제는 그 문제의 횡단보도 앞 버스 정류장에서 어느 83세의 할아버지를 만났다. 그 할아버지는 버스 시간표가 바뀌었냐고 내게 물었고, 나는 그렇다고, 카카오 버스 앱을 통해서 보셔야 할 것 같다고 대답했다. 그러나 카카오 버스 앱이 뭔지 모르시는 눈치였고 결국 내가 그 처음 보는 할아버지의 휴대전화에 카카오 버스 앱을 설치해 드리고 사용법을 여러 차례, 습득하실 때까지 반복해서 알려드리고 버스에 태워드린 후에서야 헤어졌다. 할아버지는 버스에 타시고는 창문 밖에 선 나를 향해서 잘 가라는 손짓을 잊지 않으셨다. 사소한 일이었지만 나는 어제 무려 모르는 누군가를 위해 내 시간을 투자하여 그 사람의 인생에 긍정적인 영향을 주었다고 생각한다.

마거릿 미드의 명언처럼, 시민으로 이루어진 소수가 세상을 변화시킨다. 역사가 이를 증명해 왔고, 지금 이 세상을 변화하고 있는 사람들도 다름 아닌 한명 한명의 시민임을, 그리고 나도 그중 한 명임을 잊으면 안 될 것 같다.

생각 POINT

나는 이 세상에 어떤 영향력을 미치고 있나요?

누군가의 작은 행동에 영향을 받은 적이 있나요?

내가 실천할 수 있는 작은, 영향력 있는 행동은 어떤 것이 있을까요?

<작지만 큰 영향력>을 읽고 나니 어떤 생각이 드나요?

누구를 위해 사는가

인간은 무한대로 이기적인 동물이라는 것은 누구나 동의할 것이다. 하물며 "이기적 유전자(The Selfish Gene)"라는 리처드 도킨스(Richard Dawkins)의 책이 세계적인 베스트셀러가 되기도 했다. (이 책은 인간이 유전자 보존을 위해 맹목적으로 프로그램된 이기적인 기계에 불과하다고 주장한다.) 그런데 나는 생각이 다르다. 인간이 이기적일 때도 있지만, 남을 위하는 마음이 우선시될 때도 있다고 생각한다. 그러지 않았다면 우리가 한 동족으로써, 한 사회로써 구성이 될 수가 없었을 것이다.

예로, 예전부터 엄마와 아빠들은 희생을 많이 해왔다. 부모가 되고 나면 내 마음대로 행동할 수 없다. 아이가 있기 전이라면 밤늦게까지 놀고 들어올 수 있을 텐데, 아이가 생기고 나면 아이 하원 시간에 맞춰서 유치원이나 학교로 가야 할 것이다. 또 쉴 수 있었을 시간에 아이와 시간을 보내야 하며, 돈은 아이를 위해 번다는 생각까지 하게 될 지경일 것이다. 그렇다면 그 엄마와 아빠는 누구를 위해 사는 것일까? 어찌 보면 아이를 위해 산다고 볼 수도 있을 것 같다. 그런데 그렇다고 해서 그 엄마, 아빠가 불행한 걸까? 아니, 오히려 더 행복할 수도 있을 것이다. 내가 만난 엄마들은, 내가 보기에 자신만의 삶이 거의 없어 보이는데도 아이를 낳은 게 자신이 가장 잘한 일이라고 말해 주었다. 분명 아이가 웃는 모습에 모든 힘든 것들이 사르르 녹는 느낌일 것이다.

나의 엄마는 늘 내게 공부해서 남 주냐고 말했었다. 물론 내가 공부를 더 하라고 채근하기 위한 말이었으나, 당시에 엄마가 공부해서 남 줘야 하니까 더 열심히 하라고 말했으면 내가 더 공부를 많이 했을 것이라는 깨달음을 이제서야 얻었다. 내 노력에 대한 성과를 온전히 내가 가져갔을 때, 혼자 기뻐하는 상황이 나는 쓸쓸하게 느껴졌기 때문이다. (결국 그래서 내가 아닌, 엄마와 아빠의 기쁨을 위해서 공부했다.) 반대로 내 노력의 결과물이 여러 사람을 기쁘게 한다고 생각했을 때 그 행복감은 배라고 느꼈던 것 같다. 게다가 내가 누군가에게 행복을 줄 수 있다는 게 얼마나 즐거운 일인가!

이렇듯 우리는 자신을 위해 무언가를 할 때보다 남을 위해 노력할 때 더 열심히 한다. 책임감 때문에 그런 걸 수도 있겠지만, 상대방이 기뻐하는 모습을 보았을 때 결국 더 행복하고 즐겁기 때문이다. 프란시스 교황(Pope Francis)이 이렇게 말했다.

"강은 자신의 물을 마시지 않으며,
나무는 자신의 열매를 먹지 않는다.
그리고 해는 자신에게 빛을 비추지 않으며
꽃향기는 꽃이 맡지 않는다."

남을 위해 사는 건 자연스러운 일이다. 그러니 지금 힘들다는 생각이 든다면, 나 자신에게 물어보자. 나는 누구를 위해 사는가? 내가 누구를 위해서 힘든 것인가? 나만을 위해, 혹은 내가 그다지 좋아하지 않는 사람이나 이유를 위해 사는 것이라는 답이 나온다면, 그렇다, 그래서 힘든 것이다. 그러나 이 질문에 대한 답이 나와 더불어서 내가 아닌 사랑하는 누군가가 된다면, 그 깨달음과 함께 재충전할 수 있는 에너지가 분명히 생길 것으로 생각한다. 그래서 당신에게 묻고 싶다.

오늘 당신은 누구를 위해 사는가?

생각 POINT

나는 지금 누구를 위해 살고 있나요?

나를 위해서 사는 사람은 누가 있나요?

나는 앞으로 누구를 위해서 살고 싶나요?

<누구를 위해 사는가>을 읽고 나니 어떤 생각이 드나요?

완벽하지 않은 사람

내 첫 책 "엎지른 물이 내 마음에 담긴다"에는 정말 뛰어난 눈을 가진 이만 알아차릴 수 있는 아주 가벼운 오타가 하나 있고, 두 번째 책 "개다운 하루"에는 눈에 전혀 띄지 않는 곳에 치명적인 오타가 하나 있다. 이렇듯 편집할 때 보고 또 보더라도 사람이 하는 일이라서 완벽할 수가 없다. 편집자들 사이에서는 "오타는 자연발생 한다"라는 말이 있을 정도로 완벽해지려고 해도 절대 완벽할 수 없는 게 사람이다.

그러나 우리는 완벽해지기를 원한다. 완벽함을 추구하고, 틀리는 것을 싫어한다. 물론 한 치의 오차도 나는 것을 싫어하는 사람이 있는 반면에 대충 끝내는 것을 선호하는 사람까지 그 성향은 가지각색이지만, 어쨌든 자신의 수행에 있어서 어설프기보다는 완벽하기를 원하는 건 누구나 그럴 것이다. 하지만 우리가 완벽하지 못했을 때 오히려 각자의 개성이 드러난다는 생각을 해본다.

누구나 그렇듯, 나는 '핸드메이드'를 좋아한다. 공장에서 찍어낸 것보다는 '수제'라는 말이 붙으면 눈길이 한 번 더 간다. 그런데 어찌 보면 공장에서 찍어낸 것이 규격에 딱 맞게, 더 정확한 공정 과정을 거쳐 오차 없이 제작되는 경우가 대다수인데도 불구하고 우리는 '수제 굿즈'라는 것에 훨씬 매력을 느낀다. 모두가 똑같은 완벽성을 추구하기보다는 살짝씩 다른, 이 세상에 하나밖에 없는 것에 우리는 더 가치를 둔다고 말할 수도 있겠다.

어떤 가죽 공예가가 한 말을 우연히 듣게 되었다. 자신은 최대한 자동화된 공정을 지양한다고 한다. 왜냐하면, 모든 것을 손으로 했을 때 덜 완벽하기 때문이라고 했다. 누군가가 자신이 만든 가방이나 지갑을 받았을 때, 여기 박음질이 아주 살짝 삐뚤삐뚤하네, 라고 생각하며 역시 사람이 만든 게 맞구나, 라며 안심할 수 있을 거라고 말했다. 그리고 나는 이 공예가의 말에 동의했다. 너무 완벽한 것보다는 사람 냄새가 나면 더욱 개성이 드러나는 것 같다.

내가 언젠가, 보이지 않더라도 내 책에 오타가 존재한다고 SNS에 올린 적이 있다. 그때 어느 모르는 누군가가 내게 댓글로 말해줬다.

**"사람의 얼굴을 완벽하지 못하게 만드는 점이 있는데
그 점이 그 사람 얼굴의 개성이 되듯,
책 속의 오타도 이 책은 사람이 만든 것이라는 증거이자
책의 개성을 표현하는 점 같아요."**

나는 그 말에 안도감을 느낌과 함께, 사람이 과하게 완벽하다면 사람다운 매력이 오히려 떨어질 수도 있겠다는 생각을 해보았다. 그러니 앞으로도 과한 완벽성을 추구하기보다는 사람다움을 추구하기로 결심해 본다.

생각 POINT

나만의 개성은 어떤 것이 있나요?

사람들은 왜 핸드메이드 제품에 매력을 더 느낀다고 생각하나요?

완벽해지려고 애쓰다가 나만의 개성을 해쳤던 적이 있나요?

<완벽하지 않은 사람>을 읽고 나니 어떤 생각이 드나요?

생명이 주는 책임감

나는 미국에서 유학하던 가장 힘든 시기에 키키와 쿠파를 만났다. 키키와 쿠파는 내가 15년째 키우고 있는 반려묘이다. 유학을 가보니, 많은 학생이 고양이를 키우는 것 같았다. 아마 외로운 마음에 반려동물은 입양하고 싶은데 강아지는 손이 너무 많이 가서 고양이를 많이 택했던 것 같다. 나도 외로운 마음에 우리 키키, 쿠파를 데려왔었다.

그렇지만 이유가 어떠한들 한 번 데려온 아이들은 내가 평생 책임질 생각으로 데려왔다. 반면에 많은 학생들이 졸업한 후에 고양이를 파양하고 고향으로 돌아가는 것을 수도 없이 목격했다. 내 머리로는 이해가 가지 않았고, 마음이 아팠다. 내게 키키, 쿠파는 나의 암울했던 20대를 함께했던 가족이자, 내가 힘들어서 삶을 포기하고 싶을 때도 나를 붙잡아줬던 생명들이다. '내가 없으면 얘네들은 어떡하지'라는 생각에 열심히 돈도 벌고 힘내려고 식사를 거르지 않았다. 그리고 내 화장실은 힘들어서 청소를 못 하더라도 아이들은 스스로 할 수가 없으니, 키키와 쿠파의 화장실은 최대한 치우려고 노력했다.

10년 전, 한국으로 들어올 때 키키와 쿠파와 함께 한국으로 귀국하는 것은 달리 생각해 보지도 않은 너무 당연한 일이었다. 다른 사람들이 그 사실을 알게 되었을 때 고양이까지 데려왔냐며 놀라는 일이

종종 있었는데, 그럴 때면 되레 내가 그들이 놀란다는 사실에 더 화들짝 놀라곤 했다.

한국에 들어온 지 5년쯤 되었던 어느 날, 키키를 안 데려왔으면 어쩔 뻔했냐는 대화를 남편과 했다. 그리고 갑자기 키키를 분양해 주셨던 당시의 40대로 보였던 백인 아저씨에게 정말 고마웠다. 아마도 어린 유학생에게 키키를 입양시키는 게 걱정되었을 텐데 말이다. 그분과 메일로 연락했던 것 같아 메일함을 뒤져서 그 아저씨와 나눴던 메일을 찾아냈다. 그리고 다음과 같은 메일을 보냈다.

안녕하세요,
2012년도에 마지막으로 연락드렸는데, 기억하실지 모르겠어요
(첨부된 메일을 보시면 기억나실 것 같아요).
'베이비'였던 지금의 '키키'를 2012년에 입양하게 해주셨었죠.
키키를 보스턴에 아파트 앞의 마트까지 데려와 주셨던
기억에 관해 제 남편(당시의 제 남자 친구)과 이야기하다가,
10년이 지난 지금 시점에서 키키가 잘 살고 있다고
알려드릴 수 있으면 얼마나 좋겠냐는 생각이 들었어요!!
키키는 매우 잘 살고 있고, 건강하며,
2015년도에 한국으로 이사해서 살고 있어요.
키키에게는 고양이 여동생과 강아지 여동생이 있고
처음 저희에게 키키를 입양해 주셨던 날만큼이나
사랑스러워요.

어떤 고양이로 컸는지 보실 수 있도록
사진 몇 장과 비디오를 첨부해서 보내드립니다!
마지막으로, 제가 메일을 보내드린 주된 이유는
저희에게 당시에 그 아기 고양이를 입양하게 해주셔서
너무 감사하다는 말씀을 드리고 싶어서입니다.
키키는 제 인생을 바꿨고, 저희는 이제 키키가 없는 인생을
상상할 수도 없게 되었어요. 키키는 말 그대로
저희 인생을 아름다움으로 채우고 있습니다.
그래서 키키의 가족이 될 수 있도록 저희를 선택해 주셔서
너무 감사하다는 10년 늦은 인사를 드립니다.
모든 일이 잘 되시길 바랍니다.
나나용 올림.

그랬더니 머지않아 다음과 같은 답장이 왔다.

이 이야기가 대단하게 느껴지네요! 대박!
연락해 주셔서 감사해요.
키키의 엄마는 무지개다리를 건넜지만,
형제 한 마리는 저와 함께 잘 있습니다.
키키가 삶에 그렇게 큰 영향을 줄 수 있었다니 참 좋습니다.
하루하루를 즐기시길 바라고, 행운을 빌게요. 코리 드림.

나는 이러한 메일을 주고받으며, 생명을 키운다는 것이 내게 주는 막대한 책임감을 다시 한번 느꼈다. 그리고 그 책임감이 막중한 만큼 그 생명이 주는 크나큰 기쁨을 느낄 수 있다는 것에 다시 한번 감사했다. 주변을 보면 유기견, 유기묘가 심심찮게 보이는 것 같다. 문득 나의 시아버지가 우리가 아이를 입양할 것이라고 했을 때 하셨던 말씀이 생각난다.

"아이는 고양이처럼 그렇게 막 데려오는 게 아니다."

어쩌면 맞는 말일 수도 있겠지만 나는 이 말에 반대할 수밖에 없다. 아이는 강아지, 고양이처럼 데려오는 것이 맞다. 강아지, 고양이도 아이만큼이나 신중하게 데려오는 것이기 때문이다. 아이만큼 기르는데 정성, 사랑, 인내, 경제적 여유, 정신적 여유 등이 필요하기 때문에 반려동물, 반려 식물을 포함한 모든 반려 생물은 신중히 데려와야 하는 것 같다는 생각을 해본다.

생각 POINT

생명을 키워본 적이 있나요?

나는 생명에 대한 책임감이 있는 편인가요?

생명을 키울 때 어떤 마음가짐으로 대하고 싶나요?

<생명이 주는 책임감>을 읽고 나니 어떤 생각이 드나요?

크리스마스란, 마음의 상태

크리스마스가 되면 마음이 풍부해지는 것 같다. 시내에 나가면 조명으로 모든 게 꾸며져 있고 번쩍이는 트리도 세워져 있어서 그런지는 몰라도, 추운 날씨에 마음만은 포근해진다. 그리고 이에 따라서 마음의 여유가 더 생기는 것 같기도 하다. 크리스마스가 되면 서양에서는, 그리고 한국에서도 흔히 크리스마스 선물을 주고받는다. 생일이라서 그런 것도 아니고, 졸업식이나 어떠한 날인 것도 아닌데 단지 크리스마스라는 이유만으로 내 마음이 따뜻해졌기 때문이다.

이러한 더 따스운 마음의 상태를 품고 한 달을 살다 보면, 기부도 더 많이 하게 되고, 사람들에게 짜증도 덜 내게 되는 것 같다. 조금 더 베풀고 쉽게 용서하기도 한다. 왜냐하면 크리스마스 시즌이니까. 다른 이유는 없다.

나는 작년에 김장하면서 캐럴을 틀어놓고 홍갓을 씻다가 노래 가사 중에 “너와 함께라면 언제든 크리스마스야”라는 구절을 듣게 되었다. 그러고는 문득 든 생각은, 그래, 언제나 크리스마스일 수 있다는 것이었다. 우리는 늘 살면서 내가 그리 행동해야 하는 이유를 찾곤 한다. 내가 용서해야 하는 이유, 내가 베풀어야 하는 이유, 내가 먼저 손을 내밀어야 하는 이유와 같은 것들 말이다. 그런데 꼭 명확한 이유가 있어야만 호의적으로 행동할 수 있는 건 아니지 않은가?

영국의 기부단체인 UK Fundraising 뉴스에 따르면 10명 중 7명은 크리스마스 시즌에 기부할 생각이라고 말했으며, 42%의 사람들은 다른 때보다 자신들이 기부할 가능성이 더 크다고 대답했다. 이들의 기부활동에 찬사를 보내야 하는 것은 마땅하다. 내가 살기 바쁜 와중에 모르는 누군가의 안위를 걱정한다는 것은 매우 칭찬할 일이라고 생각한다. 다만 아쉬운 점은, 우리가 크리스마스라는 이유가 없더라고 평상시에도 베풀 가능성이 똑같이 높았으면 좋겠다고 생각하는 것이다.

역시 마음을 먹기에 달렸다는 생각을 해본다. 누군가 말하기를, 크리스마스는 시즌이나 때가 아니라 마음의 상태라고 했다. 더 베풀고 용서하고 손을 건네려는 이유를 크리스마스에서 찾는 것도 좋지만, 나의 기본적인 정신 상태가 된다면 일 년 내내 나는 더 나은 사람이 될 수 있을 거라는 생각을 해본다. 나는 우리의 삶이 늘 크리스마스이기를 바란다.

생각 POINT

나는 크리스마스 시즌에 더 긍정적으로 행동할 때가 있나요?

크리스마스에 작게나마 기부한 적이 있나요?

크리스마스 때뿐만이 아니라, 평소에 베풀 수 있는 친절은

어떤 것이 있을까요?

<크리스마스란, 마음의 상태>를 읽고 나니 어떤 생각이 드나요?

행복의 비결

우리는 늘 이상적인 것을 추구하고 싶어 하는 것 같다. 돈이 많은 삶, 행복한 가정, 매일매일 행복한 날들, 속 한 번 썩이지 않는 자녀, 이런 완벽함을 꿈꾸는 것 같다. 그런데 과연 그게 행복일까? 나 스스로에게 질문을 해보게 되었다.

사람은 매우 간사하고 적응적인 동물이라서 안 좋은 환경에 있다가도 좋은 환경에 들어서면 개구리가 올챙이 적 시절을 잊었다는 말이 있을 정도로 금세 적응한다. 내가 돈이 없는 삶을 살다가 돈이 갑자기 많이 생겨서 펑펑 쓸 수 있게 되어도, 감사함을 금방 잊어버리고 불평불만만 다시금 늘어트리게 되는 게 인간이다.

그런데 나는 그래서 인생의 굴곡이 재밌다고 생각한다. 돈의 예시를 이어가자면, 만약 돈이 있다고 한들 인생 어떻게 될 줄 모른다고, 언제 우리 집안이 기울지 모르기 때문에 지금에 대해 감사할 수 있는 것이다. 그리고 돈이 없어 봤기 때문에, 지금의 상태에 대해 또 감사한 게 아닐까.

나는 지금 출판사를 하면서 결핍이 많다. 자본금도 없이 시작했을 뿐더러, 초반에는 책이 아무리 많이 팔려도 인쇄비를 메꾸기는 어렵기 때문에 늘 주머니 상태가 궁핍하다. 그런데 만약 내가 처음부터 베스트셀러에 꾸준히 머무는 책만 줄줄이 낼 수 있었다면, 그래서 내가 한 번도 적자가 나보지 않았다면 내가 출판사를 하는 일에 이렇게 열중 할 수 있었을까? (처음부터 베스트셀러를 낸 작가나 출판사가 열심히 하지 않을 거라는 말을 하는 게 아니니, 오해가 없기를 바란다.)

나는 아마도 덜 열심히 했을 것이다. 출판인의 삶을 만만하게 보고, 열정을 쏟아붓지 않았을 것이며 독자 한명 한명의 소중함을 몰랐을 것이다. 나는 지금 이 시각, 매일 책이 한 권씩조차 팔리지 않는 엄청난 결핍의 상황에 놓여있다. 드문드문 팔리기 때문에 더 열심히 하고 있을뿐더러 더 성장하고 있고, 책을 구매하는 한 명 한 명의 독자가 너무나도 소중하게 느껴진다. 그리고 그래서 더 행복하다. 물론 이렇게 기반을 다져서 출판사 나나용북스의 현황이 나아질 일만 남았다고 생각하는 것도 있다. 그리고 만약 출판사가 망하고 만다면, 결핍 속에서 성장과 행복이 있었기에 미련 또한 없을 것이다.

우리 모두의 삶이 무지갯빛처럼 찬란할 수만 없다고 생각한다. 물론 인생의 큰 굴곡을 겪지 않은 사람도 분명 존재한다. 그런데 나는 큰 굴곡을 많이 겪어본 사람으로서, 작은 굴곡이라도 넘어봐야 평소의 삶에서 감사할 줄도 알 수 있는 데다가 내가 사는 인생이 다가 아니라는 걸 깨닫는 것 같다. 그래서 극단적으로 인생의 굴곡이 있는 삶과 인생의 티끌 하나 없는, 무탈한 삶 중에 하나 고르라고 한다면 나는 전자를 선택할 것 같다.

역시 나는 인생이 주는 행복, 슬픔, 아픔, 성장, 희망과 같은 경험들에 비중을 다르게 두고 싶지 않다. 오늘 느껴지는 행복과 어제 느꼈던 슬픔에 동일한 비중을 두고 싶다. 슬픔을 축소하려고 노력하지 않고 있는 그대로 받아들이고 싶고, 행복 또한 과하게 느끼려고 하지 않고 느껴지는 그대로 마음에 담고 싶다. 우리는 힘든 감정과 경험을 잊으려는 경향이 있고 좋았던 일을 더 크게 느끼고 싶어 하지만, 결국 이 모두가 인생을 풍요롭게 하는 것들이라고 나는 믿는다. 슬픔이 없다면 행복도 없고, 아픔이 없다면 성장도 없지 않을까. 그것이 내가 인생을 살면서 터득한 큰 깨달음이다.

그래서 내가 만약 지금 침체기를 거치고 있다면, 희망을 품고 성장하려고 애쓰기를 바란다. 반대로 내가 매우 기쁜 상황에 놓여있다면, 있는 그대로 즐기기를 바란다. 그리고 안 좋았던 나날들에 비해 좋아진 상황에 충분히 감사했으면 좋겠다. 무엇보다도 매 순간 인생이 내게 선물하는 모든 감정과 경험을 오롯이 받아들이며 즐기는 것, 그것이 내가 생각하는 행복의 비결이다.

생각 POINT

나는 삶에서 어떤 것을 추구하나요?

내 상황이 힘들었던 시절이 있나요?

내가 생각하는 행복의 비결은 무엇인가요?

<행복의 비결>을 읽고 나니 어떤 생각이 드나요?